THIBAUD GAUDRY

LA VÉNUS AU PARAPLUIE

ROMAN

BUCHET • CHASTEL

ISBN : 978-2-283-03789-8

À toi, subrepticement.

« Je vous plains de n'avoir jamais
connu le bonheur. Le Grand Bonheur.
Celui qui dérègle vos battements de cœur,
qui oppresse votre respiration,
qui annihile la moindre de vos pensées,
qui noue votre estomac,
vous fait perdre l'appétit, le sommeil,
vos amis, vos parents,
et vous broie inexorablement. »

SEMPÉ

Ce matin-là, c'est une humeur qu'il considéra comme guillerette qui l'expulsa de son lit. Quelques entrechats primesautiers le menèrent à la cuisine. Des morceaux de brioche jaillirent du grille-pain comme des fusées un soir de fête nationale. Il remarqua que le café n'avait pas le même goût que la veille. Ni même que l'avant-veille. Et par la fenêtre du cinquième étage, tout avait beau être revêtu d'une grisaille épouvantable, il lui semblait que la ville étincelait à ses pieds. Il ne se doucha pas dans l'espoir un peu vain de conserver sur lui une once de ce parfum inconnu. Sauta dans les mêmes vêtements, toujours animé du même espoir. Préféra dégringoler les escaliers plutôt que supporter l'accablante lenteur de l'ascenseur. Dévala la rue, puis une autre, et encore une autre. Quiconque se serait intéressé à sa déambulation aurait remarqué l'incohérence de son itinéraire. Cet homme allait manifestement sans but. Ça ne pouvait être que la trajectoire d'un flâneur extravagant. Il traversa un parc, jeta un œil attendri aux bébés qui gazouillaient dans leur poussette, l'autre aux petits vieux qui refaisaient l'ancien monde sur leur banc, puis ressortit à l'opposé sans que l'on sache davantage où sa boussole exaltée le conduisait.

La ville était en tout point identique à celle qu'il avait connue. Et pourtant, il la trouvait transformée. Les balayeurs le saluaient, les boulangères semblaient lui sourire à travers les vitrines, les petits bonhommes aux passages piétons passaient au vert sans qu'il ait à ralentir sa marche. Ils lui paraissaient même se mettre au garde-à-vous à son passage. Une tourterelle serait venue se poser sur son épaule, cela n'aurait pas provoqué chez lui le plus petit tremblement de sourcil.

Paris avait changé mais les ponts étaient bien à leur place. Il traversa le premier venu avec ferveur. Et comprit confusément qu'une force mystérieuse le ramenait sur le lieu du crime.

Là même où une bonne fée avait pris en main son destin. Il supposa que c'était la même force qui conduisait des millions de pèlerins chaque année à Lourdes. Une puissance sourde et irrésistible. Il sentait bien que ce regard nouveau et cette attraction inconnue avaient à voir avec la foi. Mais pas celle en une puissance abstraite et incertaine. Lui l'avait vue. Il avait plongé son regard dans le sien. Senti son corps contre lui. Effleuré sa main qui tenait un parapluie. Elle lui avait même laissé une preuve irréfutable de son existence. Un bout de papier dissimulé au fond de sa poche.

Ce fut son premier pèlerinage. Il choisit avec minutie la terrasse de café qui lui offrait le plus beau point de vue sur l'endroit exact de l'apparition. C'était là qu'il l'avait vue la veille au soir. Un peu avant 18 heures.

C'était une soirée en noir et blanc. Une pluie continue et de moins en moins fine tombait sur la ville depuis le matin. Il était descendu à Odéon. Tandis qu'il remontait le col de son manteau dans l'escalier qui le rendait à la surface, il l'ignorait encore, mais à partir de ce soir-là, il aimerait passionnément la pluie. Il prit la rue Mazarine, bifurqua rue Dauphine et s'engouffra rue Christine alors que le ciel persistait à l'arroser sans compter. Il vit au loin une vingtaine de personnes qui patientaient sur le trottoir devant l'entrée éclairée de ce petit cinéma de quartier.

Il marchait sur le bitume scintillant, avançait comme si de rien n'était, juste comme s'il allait au ciné. En toute simplicité, sans arrière-pensées. On ne peut pas savoir que l'on est à deux pas d'un miracle. Là, dans quelques secondes. Que notre vie en sera à ce point bouleversée. Que notre ancienne peau va tomber. Qu'elle va laisser place à une nouvelle. Que ces petits riens qui se sont enchaînés en toute inconséquence vont produire une révolution. Que cette succession de hasards anodins va provoquer le plus divin des accidents. Si nous savions, peut-être qu'un léger effroi nous saisirait par la manche. Peut-être ferions-nous un pas de côté, un détour par une autre rue. Peut-être même ferions-nous demi-tour. Mais lui avançait, inconscient de tout cela, de cette somptueuse mécanique invisible, alors qu'en ralentissant ou en hâtant un peu le pas, jamais il n'aurait été derrière elle. Elle. La fille au parapluie qui se retournait vers lui et lui proposait l'asile. Et s'il avait attrapé le métro précédent. Et s'il avait raté le suivant. C'est peut-être un autre qu'elle aurait abrité. Et lui serait resté là, comme n'importe quel dimanche soir. Sous la pluie. Mouillé. Seul.

L'impossible avait été possible. Une chance sur combien de milliards. Il y avait plus de probabilités qu'il devienne crooner à la mode, millionnaire à la loterie ou de voir un avion s'écraser sur le tapis de son salon. Et pourtant, elle était là, juste devant lui, avec ce sourire qu'il emmènerait jusque dans sa tombe. Et elle ne se contentait pas de sourire. Elle lui parlait. Comment était-ce possible ? Il n'en savait rien. Il ne croyait pas en Dieu, pas plus qu'aux phénomènes surnaturels. Mais nul doute que c'était bien à lui qu'elle s'adressait. Ses lèvres s'ouvraient et se déployaient comme les ailes d'un papillon délicat.

Elle lui parlait. Ses lèvres bougeaient. Il les regardait se mouvoir avec attention sans toutefois parvenir à déchiffrer ce qu'elles disaient. Comme si tout l'univers, après son expansion il y a des milliards d'années, avait décidé de se recontracter devant lui, sur ces lèvres. Tout le reste n'était que nuit noire. Une stupéfiante cosmologie.

Elle l'avait invité.

Elle l'avait invité et, à cet instant, plus rien ne lui avait semblé important. La lave de tous les volcans pouvait bien ensevelir des enfants sous le regard pétrifié de leurs parents, la famine emporter la moitié de la planète dans un dernier râle affamé tandis que l'autre trépassait sous les coups de hordes sanguinaires, il lui resterait toujours ces lèvres qui lui parlaient. À lui. Rien qu'à lui.

Elle avait un parapluie, il n'en avait pas. À quoi tiennent parfois nos destins. À l'inverse, si elle-même en avait été dépourvue, l'aurait-il invitée sous le sien ? Aurait-il osé ? Pas certain. Il aurait tant tergiversé que la file aurait fondu avant même qu'il n'ait pris sa décision. Il aurait noué et dénoué des phrases. Tant et si bien que sa gorge se serait serrée, obstruant toute tentative d'élocution sensée. Et il en aurait été encore à chercher les mots les plus justes quand le générique aurait été lancé.

Elle l'avait regardé. Lui avait-elle trouvé un air de chien battu, ou juste de chien mouillé ? Quoi qu'il en soit, c'était bien lui qu'elle invitait à venir s'abriter sous son parapluie. Et bien que la soirée ne fût pas orageuse, c'est bien la foudre qui s'abattit sur lui.

À cet instant, ils étaient comme dans un tableau de Chagall. Ils flottaient. L'enseigne et ses lettres illuminées s'éloignaient. Elles ne formaient plus qu'un halo. Leurs corps dansaient en apesanteur. Le ciel s'était subitement dégagé et ils virevoltaient au milieu des étoiles. Il la tenait par la main et l'entraînait dans une joyeuse farandole. Leurs regards se croisaient et leurs bras s'enserraient. Ils étaient le centre d'un ballet cosmique composé de fleurs et d'oiseaux. Et bien peu auraient été surpris si un coq géant était venu danser la gigue autour d'eux.

Ils étaient donc maintenant seuls au monde. Deux enfants dans une cabane. Son regard s'arrêta sur cette main fine et délicate qui tenait le manche de cet admirable accessoire. Il imagina ses doigts glisser entre les siens. La simple évocation de cet entrelacement de phalanges suffit à l'émouvoir. C'est dire s'il était émotif. Ils étaient un monde à explorer. Pouvoir les effleurer l'aurait déjà plongé dans une abyssale extase. Les enserrer, un rêve éveillé. Quiconque se serait présenté dans la file d'attente avec une lampe magique, il en aurait fait son premier vœu. Pour le second, il avait bien d'autres projets que trahissait clairement son air ahuri. Le troisième confinait à l'indécence.

Heureusement, c'était un petit cinéma de quartier, il n'y avait que deux salles. Mais il y en avait quand même une de trop. Allaient-ils voir le même film ? Devait-il la sonder innocemment pour deviner lequel elle avait choisi ? Glisserait-elle un indice qui lui permettrait de lui affirmer avec soulagement qu'il allait voir le même ? Elle le devança en le questionnant tout de go. Il était piégé. Se sentit comme au bord d'un précipice. Un pas de trop et ce serait le retour à la case départ. La séparation. La solitude. L'ennui. Il ne fallait pas se tromper. Une chance sur deux. Pile ou face. Pile, il serait dans la même salle que cette incroyable créature qui l'avait sauvé des eaux. Face, il serait seul dans l'autre salle, confit d'humidité et de désarroi.

Il n'eut pas à tricher, ils allaient voir le même. Jusqu'à cet instant, le scénario lui semblait parfait. Et quel était donc ce film ? *The Good Fairy*, une vieille comédie romantique américaine de William Wyler. « La bonne fée. » Lui qui passait sa vie à fétichiser les moindres signes, il avançait vers la caisse du pas serein de celui à qui l'on vient de prédire un destin grandiose.

Leur rencontre ne pouvait être que présidée par un grand architecte aussi discret que génial dont les desseins n'étaient que voluptueux enchantement.

La file d'attente rétrécissait sur le trottoir détrempé. Bien trop vite à son goût. Il aurait passé le reste de sa vie les pieds dans les flaques à la regarder sous ce parapluie. Un parapluie suffisamment large pour les accueillir tous les deux, mais pas assez pour ne pas entraîner une immédiate proximité. Son corps à moitié collé contre le sien. Si près qu'il sentait un léger parfum exhaler. Il fixait son regard. Elle lui souriait. À cet instant, tout aurait pu s'arrêter, comme à Pompéi. Ils seraient restés là, dans la pierre, tandis que les générations futures seraient venues admirer la merveilleuse pose dans laquelle ces deux êtres presque enlacés avaient été surpris par la lave. Presque enlacés avec déjà une telle harmonie que Rodin en eût probablement été vert de jalousie.

Il ferait tout pour ne jamais oublier cet instant, cette attente. Son regard, sa voix, son parfum. Il aurait vendu son âme pour revivre cet instant à perpétuité. Qu'il ne devienne jamais un souvenir. Il regretta que Doisneau ne soit pas là pour immortaliser cette scène. Il aurait glissé le cliché dans la poche de sa veste, près de son cœur, faisant légèrement vibrer les personnages sur le papier à chacune de ses palpitations. Il l'aurait sorti à tout bout de champ pour s'assurer que ce moment avait bel et bien existé. Il l'aurait partagé avec ses amis, brandi devant ses ennemis. On l'aurait vu devant les églises, établissant la preuve auprès de ceux qui en sortent en doutant que, oui, l'impossible advient. Leur redonner foi en l'amour. On l'aurait croisé prêchant dans les rues à des inconnus tel un évangéliste fanatique. Regardez ! Voyez comme je suis heureux ! Vous aussi vous pouvez l'être ! Croyez-y ! Allez au cinéma ! Mais surtout sans parapluie !... Il aurait pu aussi légitimement la présenter à l'entrée des salles de cinéma du monde entier en guise de sésame car jamais semblable miracle ne s'était produit dans une file d'attente.

Un goût commun, voire immodéré, pour les vieux films américains les avait donc réunis sous ce parapluie. C'était un don du ciel pour ce fantôme des cinémas du quartier. Cette créature aurait pu se contenter de lui apparaître comme juste instantanément merveilleuse. Mais non, elle aimait en plus Capra. Et Wilder. Et même Lubitsch. La vie lui parut à cet instant comme la plus incroyable invention qui ait jamais existé.

Il avait l'assurance désormais d'être dans la même salle qu'elle mais la fonte inéluctable de la file d'attente lui tenaillait le cœur. Il aurait été moins inquiet si on lui avait appris qu'un astéroïde allait possiblement s'écraser dans à peine cinq minutes sur le sixième arrondissement. N'allaient-ils pas être séparés une fois la caisse du cinéma franchie ? Où s'assoiraient-ils ? L'inviterait-elle à ses côtés ? Aurait-il l'audace de le faire sans sa permission, affectant un naturel irréfutable ? Plus sûrement, il n'oserait pas, s'asseyant juste deux ou trois rangs derrière elle, après avoir choisi, tel un éminent stratège des salles obscures, le meilleur poste d'observation. Un œil sur le film, l'autre sur son profil. Puis ruminant pendant quatre-vingt-dix-huit minutes son absence consternante de courage.

Déjà la caisse. Minuscule aquarium occupé par une jeune femme dont il tenta de déceler un signe sur le visage. Aurait-elle en lui tendant son ticket le sourire entendu de la bonne fée qui fomente un ravissant complot ou bien l'ignoble rictus du croque-mort prêt à l'emporter dans le cimetière de ses illusions ? Il ne décela rien. Elle avait le visage impassible de toutes les caissières de cinéma du monde. Dépité, il s'avança vers l'inconnue au parapluie replié et dégoulinant. Il lui sembla qu'elle l'attendait en consultant vaguement quelque prospectus sur la programmation en cours. Son cœur, qui ne supportait pas les émotions trop fortes et dont une un peu trop sismique aurait pu lui être fatale, redoublait de rythme. Il était passé d'une valse lente à ce qui pouvait être un paso doble. Devait-il, maintenant qu'il était au sec, se diriger vers la porte de la salle en feignant de l'ignorer, dans l'espoir qu'elle lui emboîte machinalement le pas ? Ou bien lui montrer ostensiblement son intérêt commun pour les prospectus et la programmation en cours et ainsi nourrir discrètement leur complicité naissante ? Cette option lui sembla plus sûre. Et elle avait également le mérite de retarder le moment tant redouté, cette intersection où il faudrait choisir. Prendre deux directions distinctes ou bien continuer ensemble sur le même chemin. Mais alors, qui entrerait en premier dans la salle, elle, l'obligeant à la suivre et à trouver assez de ressources en lui pour faire un pas supplémentaire vers elle ? Ou lui, la précédant un peu goujatement et laissant reposer sur elle la décision de s'asseoir côte à côte ? Avec un inconvénient majeur. Qu'elle décide de s'asseoir ailleurs.

Elle venait de descendre la dernière marche de l'escalier qui menait à la salle. Il accéléra imperceptiblement le pas, hanté par l'idée qu'elle puisse tenter de le semer dans la dernière ligne droite, comme l'on se débarrasse d'un adversaire un peu trop pressant. Il frémit à l'idée que le hasard, jouant à présent contre lui, ait dressé un plan de table bien moins à son avantage. Que seuls restent deux sièges isolés l'un de l'autre, ruinant ses dernières espérances. Il se rasséréna en songeant à la bonne fée et caressa l'espoir que seuls deux subsisteraient, côte à côte.

Finalement, par un nouvel improbable miracle, ils se retrouvèrent assis l'un à côté de l'autre. Dans un mouvement qu'il aurait été tout à fait incapable d'expliquer. Et qu'il ne s'expliqua jamais. Le plus naturellement du monde. Presque sans préméditation. Dans une fluidité désarmante. Comme dans un rêve. Comme si ces deux-là étaient venus ensemble après avoir délibéré sur le film qu'ils iraient voir pour combattre la poisseuse mélancolie des dimanches soir. Il n'avait jamais aimé les dimanches soir. Dans un excès de sincérité, il aurait même pu dire qu'ils lui étaient insupportables. Tout particulièrement ceux de l'hiver, quand le soleil file à l'anglaise juste après le dessert. Et ceux de la pire espèce, quand la pluie s'en mêle, faisant dégouliner leurs sanglots sur les carreaux. Mais là, non. Pour la première fois de sa vie, il aimait un dimanche soir. On n'était plus dimanche soir, on était un matin, la toute première aube, celle d'une nouvelle humanité, quand la lumière revient et vous réchauffe après des siècles de ténèbres. Cette aube aux mille feux d'où jaillissent d'étincelantes promesses. Il en était là de ses élucubrations quand la salle fut plongée dans la plus pénombresque des obscurités.

Générique. Noir et blanc. Orchestre symphonique. Tout était pour le mieux. *The Good Fairy.*

Le générique n'était pas terminé qu'il s'interrogeait déjà sur cette soudaine proximité. Il était assis à côté d'une presque parfaite inconnue dont il ignorait l'existence même quinze minutes auparavant. Et dans l'espace de ce modeste quart d'heure s'était produit un bouleversement qui n'était pas sans rappeler la chute de la météorite qui avait provoqué la disparition des dinosaures. Tout ce qui était n'était plus. Oui, c'était vraiment une aube nouvelle. Le début de quelque chose qu'il n'était pas encore en mesure de définir, mais dont il sentait confusément que sa vie pouvait dépendre. Une proximité évidente qui semblait venir du fond des âges. Était-ce l'effet de cette bonne fée qui lui faisait se sentir métamorphosé ? Il se tourna vers elle, admira furtivement son visage éclairé par les premiers plans du film. Puis tenta de se concentrer sur l'écran.

The Good Fairy raconte l'histoire de Luisa Ginglebuscher, une orpheline naïve et fantasque qui quitte son orphelinat pour devenir une ouvreuse glamour dans le plus grand cinéma de Budapest. Invitée dans une soirée, elle rencontre un millionnaire qui tente de la séduire. Couverte de cadeaux, mais excédée par sa cour incessante, elle s'invente un mari, que l'homme d'affaires promet de rendre riche et, ainsi, de continuer à faire sa bonne fortune. Celle-ci s'empare alors de l'annuaire et choisit le premier venu, en l'occurrence un avocat ruiné, Max Sporum. Un homme dont elle sera la bonne fée et dont la vie va basculer. Il n'était pas le seul. Et lui aussi avait été choisi au hasard.

Il eut toutes les peines du monde à se focaliser sur les images qui défilaient sur l'écran. Bien que l'héroïne soit des plus charmantes, et la comédie des plus réussies, son envie d'épier sa voisine à la dérobée ne lui laissait aucun répit. Il céda à la tentation à intervalles réguliers au prix de contorsions oculaires baroques. C'était là, peut-être, les seules quatre-vingt-dix-huit minutes de sa vie qu'il passerait aux côtés de cette exquise créature, il s'agissait de ne rien avoir à regretter. Il ne laisserait rien dans son assiette.

Il se souvint que petit, à l'école primaire, son esprit s'échappait parfois de son corps, s'élevait dans les airs et tournait en rond au-dessus de ses camarades comme un oiseau de proie. Des sortes de petites récréations astrales. Et c'est exactement ce type d'expérience qu'il aurait aimé revivre à cet instant. Survoler la salle. Vol stationnaire au-dessus d'elle. La contempler, elle, à ses côtés. Il aurait pu admirer distinctement pour la première fois sa fine silhouette maintenant libérée de sa pelure d'Esquimau, l'ovale plus que parfait de son visage, son ample chevelure qui se déployait en cascade sur le dossier du siège et ses yeux qui crépitaient comme d'infimes feux de Bengale dans la nuit hollywoodienne.

Il ne fallut que quelques minutes pour qu'il entende son premier rire. Un rire vif et espiègle. Il ressentit comme un shoot. Une douce sensation de chaleur et de bien-être envahit son corps. Il en redemandait. L'effet de son héroïne, se dit-il. Il se tourna franchement vers elle, cherchant son regard qui ne vint pas. Mais voir cette moitié de visage encore illuminé par son rire décupla en lui ce sentiment de bonheur plein et intense. Il se promit de tout mettre en œuvre pour provoquer ce rire à l'infini. Ce serait sa nouvelle addiction. Il ne vivrait plus que pour ça. Voir ce visage s'illuminer encore et encore.

Son esprit vagabondait d'une héroïne à l'autre. Il ressassait la chance qu'il avait d'être ici et maintenant. Il se refaisait un autre film. Le film avant le film. Il essayait d'identifier le moment précis où il avait décidé qu'il irait au cinéma. Où était-il ? Qu'avait-il lu ? Pourquoi ce film ? À cette heure-là ? Est-ce que cela avait été une évidence ou avait-il hésité avec un autre ? Quel était le taux de hasard dans cette décision ? Son choix pouvait-il avoir été guidé par de mystérieuses puissances souterraines ?

Et il se posait exactement les mêmes questions pour elle. Et il se félicitait de cette miraculeuse intuition qui les avait réunis ici, au coude à coude.

Oui, parce qu'il trouva aussi le temps d'élaborer une théorie de l'accoudoir. Comment le partager. Est-ce que l'un ou l'autre avait le droit de le préempter ? Et au nom de quoi ? Est-ce que l'accoudoir de cinéma avait une existence juridique ? Le Conseil constitutionnel ou l'Onu avaient-ils statué à son sujet ? Qui pouvait s'arroger le droit de l'envahir et dans quelles proportions ? Avec un couple légitime, ces questions ne se posent pas, l'utilisation se fait naturellement et en bonne intelligence. Les coudes cohabitent harmonieusement, tantôt l'un près de l'autre, tantôt l'un contre l'autre, voire l'un sur l'autre, sans que personne n'y voie malice. Mais dans ce cas de figure, qu'en était-il ? Il y avait manifestement un vide juridique. Quand deux coudes inconnus étaient amenés à se côtoyer dans une telle intimité, quelles étaient les préconisations ? Fallait-il, par élégance, laisser la femme jouir de l'accoudoir à sa guise en prenant soin de ne pas s'en approcher ? Fallait-il trouver un accord tacite qui autoriserait les deux coudes à en profiter de manière équitable tout en maintenant une distance respectable ? Ou bien faire fi de toute bienséance, se l'arroger sans le moindre égard, dans l'espoir que votre voisine essaiera d'en faire autant, provoquant ainsi moult rapprochements dans une fausse inadvertance ? Il chercha longtemps la meilleure doctrine avant d'opter pour celle qui consiste à établir son coude sur quarante-neuf pour cent de la surface de l'accoudoir, laissant quarante-neuf pour cent à l'autre, en tenant compte d'une petite marge de sécurité entre les deux. Mais une marge si réduite qu'elle occasionnera probablement les rapprochements tactiles espérés.

Il faut bien avouer que cette stratégie s'avéra tout à fait inopérante pendant près d'une heure. Laissant largement le temps à ce brave Max Sporum de tomber éperdument amoureux de sa bonne fée. Quarante-neuf pour cent de l'accoudoir restaient désespérément vides. Dans la presse, on parlait souvent du fléau des logements inoccupés, mais s'intéressait-on à ces funestes affaires d'accoudoirs tout aussi inoccupés ? Probablement pas. Il en était là de ce sinistre constat quand il sentit frémir quelque chose près du sien. Comme une présence reptilienne qui s'enhardissait sur l'autre moitié du territoire. Ne pouvant se permettre le moindre regard, même torve, qui aurait à coup sûr effrayé l'animal rampant, il préféra échafauder la suite du scénario. Que fallait-il faire maintenant, sachant qu'il ignorait quel pourcentage de vide séparait leurs coudes ? Mimer un spasme dont le soubresaut propulserait son coude contre le sien. Adopter également la technique rampante. Millimètre après millimètre. Gagner du terrain jusqu'à sentir l'imminence de l'obstacle. Tactique qu'il supposa plus viable. Comment se rapprocher d'elle sans la faire fuir ? Vaste question qu'il n'avait pas fini de se poser et qu'un observateur neutre, dans la salle, aurait appelée la parabole du coude.

Son esprit avait totalement abandonné la bonne fée et Max à leur sort. Ils pouvaient bien se chicaner ou s'enlacer, il était à présent strictement focalisé sur ce seul accoudoir, minuscule trait d'union entre eux, mais qui lui semblait un océan. Pourtant, au gré des péripéties sur l'écran, des quiproquos et des retrouvailles, leurs manches aussi s'étaient retrouvées et c'était pour lui une succession de grisantes victoires. Il avait vécu jusqu'à ce soir dans l'ignorance des subtils délices que peut provoquer l'effleurement du coude de l'être désiré.

Au fur et à mesure que le film défilait, il dut en convenir, la bonne fée faisait le job. Non seulement elle volait au secours de ce pauvre Max Sporum, mais en plus, et ça elle l'ignorait, elle agissait aussi sur son propre destin. À des dizaines d'années de distance, elle œuvrait clandestinement au rapprochement de ces deux inconnus qui riaient à l'unisson et se tournaient maintenant l'un vers l'autre après un bon gag ou un bon mot.

William Wyler aussi en aurait convenu, dans l'annuaire de la vie, une bonne fée avait pointé du doigt son nom. Il n'avait jamais ressenti aussi intensément le fait d'être le jouet du hasard. Il se dit qu'il n'était peut-être qu'une marionnette, mais il serait une marionnette éperdument consentante. Il s'en remettait totalement à la providence. Et miserait tout ce qu'il avait. Ce serait la gloire ou la ruine. Les jeux étaient faits. Rien n'irait plus.

Quand le *happy end* dégoulina sur le grand écran, il comprit que la fin était proche. La dernière bobine n'était même pas terminée qu'il sentit déjà poindre la nostalgie. Le coude allait disparaître. La pelure d'Esquimau réapparaître. Sur leur histoire on clouerait peut-être aussi le mot fin. Un seul clou qui suffirait à le crucifier. Comme tous les acteurs après le tournage, ils rentreraient chez eux, chacun de leur côté. Ils oublieraient ces quatre-vingt-dix-huit minutes enchantées pour être à nouveau absorbés par leur vraie vie. Cette parenthèse resterait à l'état de fiction. Dans quelques jours, presque tout sera effacé. Ne subsisteront que de vagues impressions et quelques images. Une rue mal éclairée. Un parapluie trop petit. Un visage d'ange.

Les lumières se rallumèrent. Qui les tirèrent de cette douce torpeur dont il aurait aimé ne jamais sortir. Franchement, ça lui aurait coûté quoi à Wyler d'ajouter quelques scènes en plus. Quatre-vingt-dix-huit minutes. Seulement quatre-vingt-dix-huit minutes. Ce n'était rien quatre-vingt-dix-huit minutes. Un long-métrage qui lui avait semblé être un court. Un feu de paille. Et ils allaient être chassés de leur paradis pelliculesque dans la nuit froide et humide. Il avait l'impression de ne pas avoir suffisamment savouré ces quatre-vingt-dix-huit minutes, de ne pas avoir distillé le substantifique élixir de chacune des minutes passées à ses côtés. Pendant que le projectionniste dévidait ses bobines, lui avait été le projectionniste de son cinéma intérieur. Il s'était fait son propre film. Deux histoires parallèles. Deux intrigues qui parfois se rejoignaient. Et deux *happy end*, à n'en pas douter.

Quand il s'approcha de la porte, il espéra secrètement que la pluie continuait de tomber. Il implora le ciel de poursuivre son œuvre de rapprochement. Sentir ce corps étranger et pourtant déjà si proche, se mouvoir à ses côtés. Mais non. Rien. Plus une goutte. Pas le moindre crachin. Pas la plus minuscule des bruines. Saleté de cumulonimbus.

Il regarda tristement le parapluie. Baleines recroquevillées. Accessoire inutile.

En s'éloignant du cinéma, il se retourna et jeta un dernier œil à la façade. Il pensa qu'il faudrait y apposer un jour une plaque en souvenir de cette soirée. Ici un 15 décembre, un homme et une femme se rencontrèrent. Ou, laconique, ici un 15 décembre, il pleuvait. Ou, mystérieux, ici un 15 décembre se produisit un phénomène surnaturel. Ou peut-être quelque chose de plus sobre comme, ici, un 15 décembre, un homme fut foudroyé par la grâce.

Oui, passant, souviens-toi qu'ici un événement insensé s'est produit. Un phénomène hors norme, plus rare qu'une éclipse totale de soleil ou que le passage d'une comète. Plus exceptionnel qu'un miracle. Plus stupéfiant que l'apparition de la vie sur Terre.

Ils marchèrent d'instinct vers le métro. Il pressentait ce qui serait peut-être déjà la fin. La rame inéluctable. Il aurait voulu faire des détours. La perdre dans le dédale des rues parisiennes. Prétexter un pitoyable sens de l'orientation. L'envelopper de mots de brume qui aboliraient sa vision des bouches de métro. Marcher des heures. Toute la soirée. Toute la nuit. Ne plus jamais s'arrêter. Marcher jusqu'au Champ-de-Mars, jusqu'à la porte d'Auteuil, jusqu'à la mer. À la plage de Deauville, faire demi-tour.

Trouver un moyen de la retenir. C'était une course contre la montre. Dans deux cents mètres elle serait happée par Saint-Michel. Et disparaîtrait peut-être à tout jamais. Comment ferait-il pour la retrouver dans cette mégalopole de dix millions d'âmes ? Pouvait-il à nouveau tout miser sur le hasard ? Disposait-il de suffisamment d'éléments pour la retrouver ? Était-il condamné à écumer jusqu'à la fin des temps toutes les salles de cinéma d'art et essai de Paris, guettant chaque projection de vieux film américain, spéculant sur son envie du moment, sur le jour et sur l'horaire de la séance ? Et si elle préférait un vieux film italien ? Et si elle avait envie d'une nouveauté dans un multiplex, avec des Chocoletti ? Cette quête lui parut vertigineuse.

Il lui fallait trouver une idée, un subterfuge, une audace. Il n'avait qu'un prénom et de maigres indices. Un déluge de questions s'abattait sur lui. Quel est son nom ? Où habite-t-elle ? La reverra-t-il ? Veut-elle l'épouser ? Il procéda par élimination. Épouse-t-on un homme après avoir passé quatre-vingt-dix-huit minutes en sa compagnie dans une salle obscure, quand bien même chacune de ces minutes a été en tout point agréable et que leurs coudes se sont effleurés à six reprises d'après le décompte précis qu'il en a fait ? Peu probable. Lui demander son nom lui aurait peut-être semblé étrange, un côté veuillez décliner votre identité un peu déplacé. Allaient-ils se revoir ? Totalement précipité. Alors quoi. Il ne lui restait plus qu'une seule option, lui demander de manière totalement anodine dans quel coin elle habitait. Peut-être vivaient-ils dans le même quartier. Cela lui semblait, à cet instant précis, la question la plus pertinente qu'un homme transi ait jamais posé à l'objet de sa transification. Il chercha le ton le plus anodin qui soit pour la lui poser. Mais c'était quoi, le ton le plus anodin ? Un peu comme ça… peut-être un peu plus comme ci. Maîtrisait-il seulement l'art de poser des questions de manière anodine ? Il en doutait. N'allait-il pas l'effrayer avec un ton un peu brusque ? Se compromettre en employant une formule trop alambiquée pour être honnête ? Éveiller de noirs soupçons en la lui posant avec un air intrusif ? Il était si pénétré de son travail de répétition qu'il ne s'apercevait même pas qu'elle était en train d'accomplir le plus fou de ses désirs. Elle lui tendait un bout de papier renfermant une formule magique. Puis lui tendit une joue pour prendre congé. Puis descendit quelques marches de la bouche de métro. Puis se retourna. Puis lui fit un petit salut de la main. Puis disparut.

Elle venait tout juste de rentrer en France, et n'avait pas encore de numéro de téléphone portable. Elle lui avait griffonné le numéro du téléphone fixe de son frère, chez qui elle logeait dans l'immédiat. Il avait pris le bout de papier délicatement, tel le plus pieux des croyants à qui l'on aurait confié le saint suaire, et l'avait glissé au fond de sa poche la plus profonde. Celle à laquelle même le plus virtuose des pickpockets n'aurait jamais accès. Sa main vérifiant à intervalle régulier que la relique ne s'était pas volatilisée.

Il resta là. Pantois. Lui-même aurait eu du mal à décrire son état. Était-ce une transe ? Était-ce une crise d'exaltation ? Était-ce une déflagration hallucinogène ? Il aurait pu se genekellyser sur-le-champ, sauter dans les flaques, enlacer des réverbères. On pouvait dire sans exagérer qu'il était extatique. Il était la définition même de l'extatisme. Son incarnation sur Terre. À cet instant précis, on pouvait légitimement supposer qu'aucun homme sur la surface de la planète ne concentrait autant d'allégresse que lui. Ce qui était remarquable pour un homme parfaitement immobile.

Figé de longues minutes, enraciné sur le trottoir, son regard vague posé sur cette bouche de métro d'où elle allait peut-être ressurgir, comme une danseuse de sa boîte à musique, alertée par la pluie qui se remettait à tomber. Il n'osait plus bouger, de peur qu'un geste un peu brusque ne fasse disparaître le souvenir encore fragile de ce qui venait de se produire. On était encore dans l'intangible. On était peut-être même dans une fiction, dans le prolongement du film, dans les illuminations d'un scénariste. Non, les bonnes fées n'existent pas. Enfin, pas à sa connaissance. Le dernier sourire qu'elle lui avait lancé avant de s'évaporer s'était figé en lui. Ce sourire exquis serti dans ce visage parfait encadré par des cheveux subtilement ondulés par les embruns parisiens. C'est cela qui manquait parfois cruellement dans la vie. Mettre sur pause. Arrêt sur son image. Ses yeux dont l'éclat l'irradiait. Le bouleversait. Avant que tout ne sombre dans l'oubli. Enseveli sous les strates de la nouveauté à chaque coin de rue, du mouvement perpétuel de la banalité quotidienne, de cette saleté d'habitude qui finit toujours par se coller à vos basques. Mettre sur pause. Faire comme au musée devant une œuvre qui nous retient. S'asseoir sur la banquette. Contempler. Dévisager. Prendre le temps d'aimer.

Il accueillait cette pluie qui lui ruisselait sur le visage avec une tendre indulgence. Mais il lui fallait à présent rompre le charme. Sa douce euphorie et lui songèrent à prendre aussi le métro. Il ne se sentait plus seul. Les mauvaises langues auraient même parlé de bonne fée imaginaire. Il devait rentrer, mais craignant que le souvenir d'elle ne s'éloigne trop brutalement, effarouché comme un oiseau rebelle, il choisit d'éviter la crudité des néons du métro et de rentrer à pied. Profiter encore du halo merveilleux qui nimbait cette nuit prometteuse. Et tant pis si, après une heure de marche, il avait l'aspect d'une serpillière qu'on aurait oublié d'essorer. Il était prêt à tout pour avoir l'illusion de prolonger cette soirée. Aller de guingois. Tourner en rond. S'égarer.

Il était comme un personnage de Sempé, déambulant le nez au vent, la tête en l'air, indifférent aux affres du monde moderne. Et aux caprices météorologiques. Il traversa la Seine quatre fois. Parce que la Seine, ses ponts et ses quais furent, sont, et seront toujours les meilleurs alliés des cœurs transis. Il croisa, un sourire en bandoulière, l'humaine marée sur le point de se tarir en ce dimanche finissant. Évita les boulevards trop rectilignes qui le rapprocheraient trop vite de son anonyme solitude. Préféra l'oblique. Et même l'oblique de l'oblique. Il prit des rues qu'il n'avait jamais prises. Dans celles où ses pas l'avaient déjà emmené, il vit des détails auxquels il n'avait jamais prêté attention. Un balcon porté par d'étonnantes cariatides aux amples chevelures qui lui seraient désormais familières. Une petite galerie avec d'étranges sculptures de silhouettes tapies dans la pénombre qui semblaient s'avancer vers lui et qu'il songea à libérer de leur vitrine et avec qui il se serait enfui en courant. Une chapelle si belle qu'il fut stupéfait de ne pas l'avoir déjà remarquée et supposa qu'on l'avait bâtie dans la nuit. Il portait un regard neuf sur ce qui l'entourait. Une acuité nouvelle qui s'attachait à tout scanner autour de lui pour emporter la photo la plus précise de cette soirée surnaturelle. Comme un chasseur d'ovnis le ferait pour se convaincre qu'il n'est pas victime d'une hallucination. Et convaincre les autres en recueillant assez d'éléments pour le moment où il lui faudrait raconter son histoire. La ville ne lui semblait pas vibrer de la même manière. Il sentait en lui une lucidité inconnue. Une perception plus intense des choses. Un autre lui-même prenait sa place et il ne lui opposait aucune résistance. Sans se douter que c'était irréversible. À perpétuité.

Son esprit divaguait à l'unisson avec ses pieds. Une femme qui va seule au cinéma est-elle nécessairement une femme célibataire ? Épineuse question à laquelle il chercha en vain une réponse. Certains hommes peuvent faire preuve de tellement d'imagination quand il s'agit de trouver une occupation autre qu'aller voir une comédie romantique en noir et blanc de 1935 en version originale sous-titrée. En tout cas, l'homme qui partageait sa vie devait avoir une sacrée bonne raison pour abandonner semblable créature à pareil sinistre dimanche soir pluvieux. Oui. À la réflexion, vraiment, c'était absurde. Comment pouvait-on ne pas accompagner la plus divine des propriétaires de parapluie pour aller voir la plus charmante des comédies. Était-il tout simplement peu féru de vieilleries cinématographiques ? Ou bien peut-être revenait-il d'une virée entre cyclistes humides en Chevreuse ? Peut-être était-il allongé agonisant dans un sarcophage de plaids à lutter contre une mauvaise bronchite ? Peut-être s'apprêtait-il à être enfermé dans une geôle aux confins du Pakistan ? Peut-être était-il sur le point d'être dévoré par un alligator guatémaltèque venant de renoncer à sa grève de la faim ? Peut-être était-il dans les bras d'une autre ?

Il nageait toujours dans les eaux troubles de la perplexité quand il se retrouva enfin nez à nez avec la porte de son immeuble. Il resta là, à la fixer. Un esprit mal intentionné aurait pu prétendre qu'il lui parlait. Il ressassait. Cette histoire n'arrivait jamais, se disait-il. Ne pouvait arriver. Et pourtant elle lui était arrivée. Il avait combien de chances sur un milliard de s'être retrouvé là, dans ce pays, dans cette ville, dans cet arrondissement, dans ce quartier, dans cette rue, devant ce cinéma, juste derrière elle ? À cet instant précis. Sous la pluie. Aucune. Zéro. Ou presque. Et pourtant, elle était là. Juste devant lui. Elle s'était retournée. Il l'avait regardée sans en croire ses yeux. Peut-être comme une mère regarde son enfant quand il paraît pour la première fois. Dans un éblouissement unique. À la vie, à la mort.

Maintenant qu'il avait retrouvé une texture d'humain sec, il se demandait que faire de cette relique. En attendant une quelconque utilité, elle était là, posée sur la table de chevet. Elle allait devenir le centre de son monde. Là, devant laquelle il allait venir se recueillir. Où il implorerait le Dieu de la mesure et de la bienséance. Quand la rappeler sans avoir l'air d'un infâme affamé ? Dès le lendemain, c'était hors de question. Il ne fallait surtout pas se précipiter. Le surlendemain, c'était encore prématuré. Une semaine. Ce serait interminable. À l'instar des années chez les chats, les jours chez les personnes éprises dont l'objet de leur amour est absent semblent être multipliés. Parfois par trois, et plus souvent cinq, et parfois, chez les cas les plus désespérés, par dix. Il décréta qu'un délai d'attente de quatre jours était à la fois raisonnable et supportable.

Mais quatre jours pour un cœur convulsant d'amour, c'est long. Les premières heures, on ne sait pas comment on va survivre. Et même si l'on va survivre. Il faut tromper l'attente, divertir l'esprit. Tenter déjà de reconstituer sa concentration dont l'allure est celle d'un puzzle de mille pièces qui aurait explosé au sol. Chacune représentant un fragment du souvenir d'elle. De son visage. De son sourire. De ses yeux. De ses cheveux, tellement amples qu'ils s'annoncent comme un casse-tête quasi insoluble à rassembler. Ce corps dont on ne sait rien, qui n'est pour l'heure qu'une promesse. La rue où s'est nouée l'histoire. Des images furtives. Des silhouettes qui avancent. Une caissière impassible. Une porte qui s'ouvre. Des fauteuils rouges. Une écharpe qui glisse et le frôle. Un coude qui l'effleure. Des lumières qui s'éteignent. Quelques secondes d'une obscurité totale. Ces quelques instants où l'imaginaire envoie ses propres bobines. Fragments de film en noir et blanc. *The end.* Quelques mots échangés. L'écharpe qui retourne à sa place, le frôlant encore. Les corps qui se muent péniblement. La porte qui se referme. Bientôt la fin d'un rêve. Les trottoirs encore humides. Un bout de papier griffonné. Sa tête qui se retourne quand elle s'engouffre dans la bouche de métro, pour un dernier sourire. Le film en boucle. Noir. Sommeil.

Ce fut une nuit en pointillé. Une de ces nuits qui ne semblent jamais vouloir finir. Vous êtes comme au cinéma, plongé dans l'obscurité, et les images défilent. Les paupières de la nuit se referment brusquement et le film s'arrête. Une heure passe et une émotion un peu vive vous ramène confusément à la vie. Le film reprend son cours, n'importe où. L'histoire semble celle d'un scénariste psychédélique. Vous vous arrêtez sur un plan. Vous zoomez sur un détail. Un rayon de réverbère qui illumine son visage. Le pendentif qui enlumine son cou. Vous vous interrogez sur la couleur de ses lèvres, sur la forme de ses mains. Et celle de ses seins. Vous essayez de réveiller le souvenir olfactif de son parfum. Vous vous souvenez d'un geste. La manière dont elle a noué son écharpe. L'ultime signe qu'elle vous a adressé avant de disparaître. Des éléments du décor vous apparaissent. La cour intérieure d'un hôtel arborée avec luxuriance, la devanture rétro d'un restaurant, l'antique porte cochère du cinéma. De vieilles affiches de films. Vous vous répétez des bribes de dialogues. A-t-elle bien dit ça ? Est-ce le mot qu'elle a employé ? Vous n'êtes plus très sûr de l'intonation qui était la sienne. Vous faites des reproches à votre personnage. Quel manque de répartie. C'est ça que j'aurais dû lui dire. Il faudrait réécrire les répliques. Dénichez le plus brillant des dialoguistes. Y ajouter de l'audace et du lyrisme. Rejouer la scène. Moteur. Action. Coupez. Elle est bonne. On la garde.

La lumière revint et inonda la chambre. Il n'avait guère envie de s'extraire de ce magma onirique. Merveilleux amalgame où se mêlent faits avérés et rêvasseries fictives. Mais subitement, il se redressa. Comme un enfant qui viendrait de se souvenir que l'on est le matin de Noël, il bondit de son lit. Aujourd'hui ne serait pas un jour comme les autres. Quelque chose était né. C'était le premier jour après elle. Il fallait le vivre pleinement. Célébrer cette nouvelle de l'aube jusqu'à la nuit. Chausser des bottes de conquistador et partir à l'assaut de ce nouveau monde. Ces nouveaux territoires qu'il allait découvrir pour la première fois. Un cœur d'enfant dans un corps d'homme. Sans doute et sans crainte. Pour qui l'impossible est une fable. Galoper à travers la ville jusqu'à l'épuisement. Il gravirait Sainte-Geneviève et Montmartre. Irait danser chez Toulouse-Lautrec. Prendrait la place de l'Étoile à contresens. Construirait de nouveaux ponts pour franchir la Seine. Panthéoniserait William Wyler. Dévaliserait le marché aux fleurs pour former un tourbillon de pétales qui emporterait sa Dulcinée. Il serait Don Quichotte prêt à en découdre avec des armées de parapluies.

Le ciel était d'un maussade attendrissant. Il s'était enfui de son domicile sans préméditation. Et bien que son chemin ait semblé une longue dérive zigzagante, et même une folie abstraite, ses pas l'avaient ramené là où c'était une évidence. Là même où le début de l'histoire s'était écrit. Dans cette rue semblable à tant d'autres.

Qui aujourd'hui n'était plus semblable à tant d'autres. Comme cette grotte à Lourdes qui n'avait plus été une grotte comme les autres. C'était LA rue. C'était sa Bastille à lui, le lieu que l'Histoire retiendrait. Le 15 décembre, rue Christine. Voilà ce qu'on lirait bientôt dans les manuels scolaires. Le tout illustré par deux silhouettes sous un parapluie. Jusqu'à ce jour, elle n'avait été qu'une rue sans histoires. On n'y avait pas occis le moindre archevêque, aucun roi infidèle n'y avait eu ses habitudes dans une quelconque hostellerie, Victor Hugo lui-même n'y avait jamais eu le moindre projet immobilier.

D'ailleurs, qui était cette Christine ? La rue était baptisée ainsi depuis 1607 en l'honneur de l'une des filles de Henri IV et de Marie de Médicis qui venait de naître. Christine de France dont le nom de naissance était Chrestienne Marie de France. Il apprendrait bientôt que Marie était aussi le deuxième prénom de l'inconnue au parapluie. Christine fut aussi princesse du Piémont et duchesse de Savoie et, malgré ses prénoms, elle eut de nombreux amants, ce qui ne plut guère au cardinal de Richelieu qui en parlait en ces termes à l'un de ses frères, Louis XIII : « La mauvaise conduite de Madame, votre sœur, lui ayant fait perdre en peu de temps l'estime et la réputation, qui lui devaient estre plus chères que sa propre vie, du mépris, ses sujets passèrent à la haine, et de la haine à la révolte. » Mauvaise réputation ou pas, cette Christine était tombée dans l'oubli. Il faudrait bien entendu rebaptiser cette rue. Rue du 15-Décembre. Rue de la Bonne-Fée. Rue de l'Inconnue-au-Parapluie. Rue de l'Homme-Foudroyé. Rue des Amants-Chagalliens. Rue de l'Amour et du Hasard.

Il en était là de ces rêveuses circonvolutions quand on lui apporta un verre de pouilly-fumé. C'était son premier pèlerinage. Il avait choisi avec minutie la terrasse de café qui lui offrait le meilleur panorama sur l'endroit exact de l'apparition. Bien que son vin de messe ne soit guère catholique, il loua une nouvelle fois cette prodigieuse providence. Qu'avait-il fait pour mériter cela ? Un Dieu fantaisiste ou alcoolisé était-il responsable de cette rencontre ? Sa conduite avait-elle été en tout point irréprochable pour que ces lèvres s'adressent à lui ? Avait-il été assez exemplaire avec son prochain ? Avait-il toujours eu le cœur sur la main et la bonté du samaritain ? Avait-il ferraillé avec une inébranlable ardeur pour préserver la veuve et l'orphelin ? Était-il à jour du denier du culte ?

Le regard vague ancré au loin sur l'entrée du cinéma, il essayait de retrouver en lui les images les plus fidèles de cette soirée originelle. Si on lui demandait de témoigner, comment décrirait-il cette apparition ? Une nuit était passée et certains détails lui filaient déjà entre les doigts. Il y avait tout ce dont il se souvenait avec clarté. La toute première image. Sa silhouette de dos quand il était arrivé. Ces bottes de cuir qui remontaient jusqu'au genou. Sa longue pelure d'Esquimau qui tombait en dessous de ses fesses. L'immense étole qui enserrait son cou et sur laquelle s'ébrouait sa longue crinière brune. Et ce parapluie qui serait bientôt le havre de tous les possibles. Il ne s'était incrusté à la file que depuis quelques secondes quand la silhouette s'était retournée. Était alors apparu ce visage qui lui avait souri d'emblée, sans préambule, comme on sourit à une vieille connaissance que l'on a plaisir à recroiser. Il s'habituerait bientôt à ce sourire facile, même si on observerait à chaque fois une légère activité sismique. Mais là ce fut un choc. Il resta interdit quelques secondes, comme s'il cherchait à interpréter ce sourire qu'il n'avait jamais connu, comme le font depuis des siècles d'éminents spécialistes quand ils scrutent celui si énigmatique de Mona Lisa. Avait-on déjà posé sur lui un tel sourire ? Il n'aurait su le dire. Ni si c'est la Terre qui avait tremblé ou bien lui. Si ce parapluie n'avait pas attiré la foudre. Une onde tellurique l'avait submergé. Ces yeux le fixaient avec tant d'éclat qu'il aurait juré en toute bonne foi devant n'importe quelle juridiction divine avoir été traversé par une pluie d'étoiles filantes.

Quand son cœur eut repris à peu près le cours normal de son activité, il était déjà depuis un moment réfugié sous cet hexagone de toile dont il ne louerait jamais assez le génie de l'inventeur. Il avait survécu à ce bouleversement cosmique. Il était bien là, presque blotti contre cette inconnue qui ne se contentait plus de lui sourire. Elle lui parlait aussi. Et tandis que ses lèvres se mouvaient, il se répétait qu'il fallait qu'il ménage son cœur, non pas au sens où le préconisent les poètes, mais tel que les médecins l'entendent. On avait découvert qu'il battait trop lentement. Sous le coup d'une trop forte émotion, il pouvait tellement ralentir qu'il menaçait d'être à un soupir d'une ultime chamade. Par deux fois, il avait déjà presque renoncé à battre. Il savait qu'une trop puissante secousse pouvait lui être fatale.

Plus le verre se vidait, plus les images remontaient à la surface. Sa mémoire lui livrait peu à peu quelques indices pour établir un portrait-robot. Elle était assez grande, presque autant que lui. Ses mains graciles étaient serties de discrets bijoux. L'harmonie de son visage ne nécessitait pas l'artifice du maquillage. Un visage qui lui semblait familier, mais il n'aurait su dire à qui il lui faisait penser. Ses sourcils dessinaient deux virgules parfaites qui ponctuaient à merveille ses yeux dont il ne parvenait pas à définir la couleur exacte. Il chercha longuement le terme le plus juste pour les décrire. Il lui aurait fallu un nuancier. Tâche complexe puisqu'elle ne les lui avait exhibés que dans la pénombre ou sous la lumière artificielle.

Il se sentait comme ces experts en peinture qui doivent longuement étudier la toile avant d'en révéler tous les secrets, de deviner l'infinie variété des pigments utilisés, des mélanges que les peintres ont créés. Ils étaient verts. Mais lequel ? Un genre de vert pistache. Mais plus sombre. Un vert pistache torréfié, songea-t-il. Si tant est que cette couleur soit homologuée par les fabricants de nuanciers. Mais cela méritait un nouvel examen. Tout comme pour ses lèvres, dont la teinte lui avait échappé. Contrairement au léger vallonnement de ses seins quand elle s'était dévêtue dans la chaleur de la salle.

Et puis il y avait tout ce qu'il n'avait pas pris le temps d'observer sous le coup de l'émotion. Il se fit une liste mentale de ce qu'il devait absolument épier la prochaine fois qu'il la verrait. Mais la reverrait-il ? Il ressentit comme une forme de connivence avec Bernadette Soubirous, lui aussi espérait la voir réapparaître souvent. Il se rassura en pensant à ce bout de papier caché au fond de sa poche. Son seul gage. Son sésame qu'elle lui avait offert sans même qu'il ne le réclame. Un second verre de pouilly-fumé revigora son optimisme. Non, décidément, l'avenir s'annonçait radieux.

Il ne pouvait quitter le quartier sans aller rôder devant le cinéma. Il se sentit comme l'assassin sur le lieu de son crime. Avec un léger fond de culpabilité qui le tenaillait, comme si sa présence était illégitime, qu'une autorité cinéphilique supérieure pouvait lui demander de se justifier d'être ici, alors qu'il n'avait nullement l'intention d'entrer dans une salle obscure. Son comportement pouvait en effet paraître suspect. Alors qu'il n'était qu'un pauvre converti de fraîche date prêt à s'agenouiller devant ce lieu saint. À l'endroit précis où il estimait qu'il avait vu son visage lui sourire pour la première fois, il sentit son cœur se serrer. Puis il s'imagina leurs deux corps enlacés dessinés à la craie sur le trottoir.

Il hésita puis entra dans le hall du cinéma. Il fit mine de s'intéresser avec application aux prospectus, dont il avait pourtant récolté toute la collection la veille au soir. On l'eût dit totalement pénétré par leur lecture. Si on avait interrogé la caissière à son sujet, elle aurait certainement témoigné n'avoir jamais vu un homme s'investir autant dans l'étude de la programmation en cours et à venir. La vérité était qu'il n'en lisait rien. Il se recueillait. Il priait. Et ses prières auraient pu heurter la pudeur. Il se récitait des psaumes que l'on aurait hésité à mettre entre les oreilles de la moins chaste des madones. Oui, dorénavant, ce cinéma serait sa Massabielle, sa Mecque, sa gare de Perpignan.

Quand sa foi fut suffisamment raffermie et que la caissière jeta un énième regard soupçonneux dans sa direction, il quitta le hall les mains pleines de prospectus qu'il exhiba fièrement en passant devant l'aquarium. Il s'arrêta un instant devant l'affiche de la bonne fée et il aurait juré qu'elle lui avait fait un clin d'œil.

En partant, il vit qu'une plaque avait été apposée sur l'un des piliers de la façade du cinéma. Était-il possible que l'on ait déjà gravé dans la pierre le souvenir de leur rencontre ? Il n'imaginait pas que la Ville de Paris fût capable d'une telle célérité. Alors quoi. Un témoin discret avait-il deviné d'emblée que cette rencontre était pareille à nulle autre et qu'elle compterait tout autant dans l'histoire de la ville que

Cléopâtre et Marc Antoine pour Alexandrie ou Juliette et Roméo pour Vérone, et l'avait fait graver dans la nuit ? Était-ce encore un coup de la bonne fée ? Non. En s'approchant un peu plus, il put lire : « Dans cet immeuble habitaient Denis Allain, médecin de Louis XIV, et en 1780 Jean-Louis Carnot, commissaire de l'artillerie et de la marine à Toulon. La porte cochère du XVIIe siècle est classée et figure au répertoire des Monuments historiques. » Le problème avec la réalité, c'est qu'elle est fréquemment décevante. Cependant, il ne doutait pas que leur rencontre serait bientôt inscrite au répertoire des Monuments romantiques.

Les jours qui suivirent, il s'interrogea parfois sur la réalité de ce dimanche soir. Cette incroyable scène avait-elle seulement existé ? Ou bien était-ce juste le fruit fantasmatique de son imagination fertile, de sa mémoire facétieuse ? Il n'en était pas certain. Factuellement si, il était bien allé au cinéma sous la pluie, une jeune femme l'avait bien recueilli ruisselant sous son parapluie et ils avaient bien vu ensemble cette comédie de William Wyler. Mais pour le reste. Il n'en aurait pas été à son premier mirage. C'est le problème des esprits chagalliens. Ils extrapolent. Ils spéculent. Ils utopisent. Ils prennent leurs chimères pour des lanternes.

Il fallait donc tromper l'ennui. Et l'ennemi. Ces doutes qui s'immiscent au fil des jours qui passent. Leur tordre le cou et les jeter à la Seine. Sortir. Flâner. S'épuiser. Et s'abandonner à l'enivrante douceur de la cristallisation. Ne pas lutter. Et de toute manière, il n'était plus de taille à lutter. Tout cela était bien trop grand pour lui. Inutile de se débattre, il était écrasé. Il aurait pu fermer les yeux, se boucher les oreilles que cela n'aurait rien changé. Le souvenir d'elle était là, partout. Dans la beauté des choses. Les rues, les façades, les parcs, les fleurs, les arbres, les statues, une fontaine, les oiseaux, un chat, les enfants qui rient, un couple qui s'enlace. Les affiches de cinéma. Il n'y avait plus la moindre place pour la laideur. Comme si elle avait été abolie. Où que son regard se pose, il avait de quoi s'émerveiller. Et parfois la beauté ne prenait même pas la peine de se dissimuler. Elle fleurissait au grand jour. Son visage était imprimé partout. À la une des magazines placardée sur les kiosques à journaux, sur les flancs des bus qui passent, en grand format sur les colonnes Morris et dans les stations de métro. Et parfois même dans la forme des cumulonimbus.

Trois jours avaient passé, trois mois en ressenti pour un cœur langoureux, quand il apprit, grâce à ses prospectus chapardés le dimanche soir, la plus extraordinaire des nouvelles. À croire que la bonne fée n'avait pas dit son dernier mot. Débutait le jour même une rétrospective Ernst Lubitsch au *Reflet Médicis*. Il n'aurait pas pu lui-même trouver de plus merveilleux alibi pour la rappeler. Ils adoraient tous les deux le cinéaste américain. Un tourbillon s'empara de lui. Il fit les cent pas, au moins mille fois. Élabora d'innombrables angles d'attaque. Les quatre jours de décence qu'il s'était fixés avant de la rappeler lui semblèrent subitement caducs. Il tenait absolument à ce qu'elle apprenne cette fabuleuse nouvelle de sa bouche. Il misait aussi sur l'effet de cette surprise et de l'euphorie qu'elle susciterait pour l'inviter à en profiter au plus vite. Aussi joyeusement désarçonnée, elle ne saurait refuser. En théorie, ce plan était implacable. Il aurait pu lui téléphoner sur-le-champ s'il n'avait pas eu à répondre, au préalable, à ce genre d'interminable questionnaire que l'on vous soumet parfois dans les administrations. Serait-elle chez elle ? Est-ce elle ou son frère qui décrocherait le combiné ? Que dire le cas échéant ? Et si c'était bien elle, serait-elle aussi enthousiaste qu'il le supposait ? Si elle ne l'était pas, que lui dirait-il ? Si elle refusait tout bonnement de le revoir, comment réagirait-il ? Se souviendrait-elle de lui ? Il lui fallait envisager le pire. Il n'était pas certain qu'elle aussi soit entrée illico dans une phase de cristallisation express. Ses prédispositions aux élucubrations l'avaient maintes fois égaré. Les radieuses perspectives qu'il avait bâties reposaient dans l'immédiat sur du sable. Et il savait la précarité de ce fil à peine tendu entre deux êtres. Et puis quel ton employer ? Il ne doutait pas qu'il fallait qu'il soit le plus détaché possible. Son euphorie contrasterait peut-être un peu trop avec un éventuel manque d'allant de sa part. Ou bien serait-elle tétanisée par ce type exalté qu'elle n'avait connu que pendant quatre-vingt-dix-huit minutes et qui prétendait déjà la revoir. Ou bien s'était-il trompé de Lubitsch. Elle aimait un homonyme. Robert Lubitsch. Il fallait donc feindre le détachement.

Cela n'allait pas de soi. Il s'entraîna donc à parler avec détachement, posant sa voix, prononçant distinctement chaque syllabe. Un ton probablement d'usage chez les moines Shaolin quand ils vous enseignent les préceptes les plus fondamentaux. Quand il se sentit suffisamment maître de la conversation détachée, il bondit sur son téléphone.

Rien ne se passa comme prévu. Il gambada de surprise en ébahissement. C'est elle qui décrocha le combiné. Elle lui signifia qu'elle était ravie de son appel. Elle ne connaissait pas de réalisateur qui se fût nommé Robert Lubitsch. Elle était enchantée par la perspective de cette rétrospective. Elle l'accompagnerait avec plaisir dimanche pour aller voir *To Be or Not to Be*.

Après avoir raccroché, faisant fi de toute posture détachée, il brandit son téléphone comme un trophée et le porta en triomphe jusqu'au frigo. Il en expulsa une bouteille de pouilly-fumé, se versa une large rasade et porta un toast à Lubitsch, Wyler, Capra et tous les autres. La vie était belle. Une vraie comédie américaine.

Il avait maintenant un but, une échéance. Certes lointaine. Nous n'étions que mercredi. Il compta quatre dodos sur ses doigts. Ça faisait un paquet d'insomnies, de tours sur lui-même dans son lit. Toutes ces nuits à faire la toupie en creusant dans ses souvenirs. Des nuits de science-fiction à se projeter les futurs possibles. Soupeser chaque élément à charge ou à décharge. Multiplier la force de son sourire le dimanche par l'enthousiasme de sa voix le mercredi. Retrancher une possible altération de son propre jugement conjugué à son insubmersible optimisme. Et tracer des conjectures. Une sorte de théorème du courtisan incrédule.

Comment se dérouleraient leurs premières retrouvailles ? Bien que d'une folle impatience, cette idée-là le terrifiait. Est-ce que la magie allait encore opérer ? Avait-elle partagé même cette impression de magie, ou du moins avait-elle trouvé cette rencontre délicieusement peu banale ? Peut-être qu'une fois avalée par la bouche de métro, elle n'avait plus jamais pensé à lui jusqu'à ce que le téléphone lui rappelle son existence. Il n'était peut-être juste qu'un type dégoulinant qu'elle avait abrité par charité. Peut-être même était-ce chez elle quelque chose d'assez commun que d'abriter des types dégoulinants. N'avait-il pas tout inventé ? Trop inventé. Après tout, ils n'avaient que quatre-vingt-dix-huit minutes de vie commune. Certains feront remarquer, sans soulever de réelle objection, que c'est peu pour franchir la porte d'une agence de voyages en quête d'une lune de miel. Lui-même ne pouvait qu'acquiescer. Convenir et, à contrecœur, emprunter la voie de la décristallisation. Abattre de son plein gré la statue instable qu'il avait érigée à la hâte avant d'y être contraint par la sournoise figure de la vérité. Après tout, est-ce que les divinités vivaient ici-bas ? Quittent-elles leur antique cocon les dimanches soir de pluie pour frayer avec des inconnus dans d'obscurs cinémas de quartier ? Prennent-elles le métro ? Il ne savait rien d'elle. Peut-être était-elle la plus grande écorcheuse en série de petits chats. Peut-être allait-elle lui lacérer le cœur sans le moindre scrupule.

Il se préparait donc à toutes les hypothèses. Peut-être reprendraient-ils le cours naturel de leur conversation cinéphilâtre, comme s'il s'était absenté un instant pour aller chercher une bonne bouteille en cuisine. Peut-être pleuvrait-il. Il n'aurait toujours pas de parapluie et celui de sa bienfaitrice aurait rétréci depuis la dernière fois. Ils seraient obligés de se blottir l'un contre l'autre pour échapper à l'ondée. Leurs rires s'emmêleraient pour couvrir les chants des mésanges posées comme des doubles-croches sur les branches des marronniers. Des œillades complices achèveraient de renouer ce fil invisible qu'une bonne fée avait tressé.

Et puis, soudainement, ces réjouissantes prophéties s'évaporaient. Et si, après ces sept jours de réflexion, elle l'accueillait dans un simili sourire polaire, lui tendant une joue réfractaire ? Qu'elle le dévisageait avec un air de banquise, que ses mots n'étaient plus que givre et frimas ? Il resterait là, pétrifié, les lèvres glacées, tous ses mots d'incandescence et d'amour congelés au fond de sa gorge. De petites stries blanchâtres viendraient lézarder ses iris et ses pupilles qui tomberaient et joncheraient le trottoir comme de la vaisselle cassée. Il resterait là jusqu'au printemps. On ne retrouverait alors qu'un mince amas de vêtements baignant dans une flaque.

Et si elle venait accompagnée ? Il avait étudié avec soin tous les scénarios sauf celui-ci. Si elle arrivait dans un grand éclat de rire, bras dessus bras dessous, avec un Apollon polytechnicien ? Un genre de type capable de vous réciter en version originale toutes les répliques de tous les films de Lubitsch, y compris ceux réalisés en allemand dans sa prime jeunesse. Les plus pointus des lubitschophiles ne manqueront pas d'arguer que la tâche ne serait guère compliquée, ils sont tous muets. La vue même de cette main gracile dans celle d'un autre lui serait insupportable. Tout comme cette intruse présence sous ce qu'il considérait désormais comme sa moitié de parapluie. Il s'enfuirait sans doute après avoir prétexté le brusque souvenir d'une vieille tante agonisante qui le réclamait à son chevet avant de trépasser.

Dimanche tardait. Il en conclut que l'on avait probablement glissé quelque galet dans le sablier du temps. Il s'étirait avec une langueur inopportune. Le calendrier semblait une masse caoutchouteuse dont aucune journée ne parvenait à s'extraire. Jeudi se traînait. Vendredi mollassait. Samedi délayait chacune de ses minutes en vous regardant d'un petit air sadique. Les heures qui le séparaient de l'objet de sa vénération lui rappelaient son triste passé de cancre, mais sans qu'aucune récréation ne vienne égayer un peu ses journées.

Mais dimanche arriva. Le dimanche qui avait subitement changé de statut. Il était passé du jour le plus sinistre de la semaine à celui de tous les possibles. Ce jour d'habituelle hibernation hebdomadaire n'était plus que promesse d'aurores boréales et de crépuscules flamboyants. Il s'était levé avec l'allégresse du salarié le premier jour de ses congés payés. L'horizon ne pouvait être que lézarderies léthargiques, panoramas maritimes et bikinis fleuris. Et si son cœur portait encore les stigmates des tourments de la nuit, les ultimes doutes s'étaient dissipés avec l'aube. Il n'aurait su dire si la promesse d'une journée l'avait déjà autant galvanisé. Il se sentait d'une humeur bondissante. Un kangourou l'eût certainement considéré avec admiration. Il fut d'ailleurs bientôt prêt. Prêt bien trop tôt. Ils avaient rendez-vous l'après-midi.

Ce chapelet d'heures qui restaient lui parut sans fin, comme ces foulards noués qui sortent des chapeaux des magiciens. Il scrutait le ciel paré d'une abondante et réjouissante cohorte de nuages. Il n'aurait pas su faire la différence entre un cirrus et un stratus, mais il se disait que l'un de ceux qui planaient au-dessus des toits de Paris devait bien renfermer quelque complaisante giboulée.

N'y tenant plus, il décréta qu'il était temps d'aller humer dans les rues la teneur de ce dimanche. En mesurer le pouls. En deviner les potentielles faveurs. C'était un 22 décembre. Noël approchait et il avait retrouvé cette joie enfantine de celui qui sait précisément ce qu'il désire et qu'aucun autre cadeau ne comblerait autant. Cette attente baignée d'excitation et de magie. Son pouls à lui semblait au diapason. Il se sentait comme une guirlande électrique, le cœur clignotant.

Bien qu'il soit très en avance, et ne voulant prendre aucun risque qui ne puisse venir contrarier les desseins échafaudés pour ce premier rendez-vous, il choisit de se rendre au plus vite dans le quartier du *Reflet Médicis*. D'ailleurs, n'était-ce pas plutôt leur deuxième rendez-vous, même s'ils n'avaient pas été à l'initiative du premier ? Cette bonne fée n'avait-elle pas tout délibérément planifié, comme l'eût fait une secrétaire, comparant les agendas des protagonistes et définissant les modalités de leur rencontre ? Il fut aspiré par la première bouche de métro qui passait avant même d'avoir pu se figer une opinion sur le sujet. Il dégringola les marches et sautilla jusqu'au tourniquet qu'il franchit avec la détermination d'un sauteur de haies.

Sur le quai du métro, mû par une confondante allégresse, il fut saisi par des envies de mambo. Bien qu'on l'ait infailliblement recalé dans tous les castings de tous les ballets de la Terre, son corps paraissant avoir été pétri des mains mêmes de Gepetto, il s'enorgueillissait parfois de ne pas être totalement dénué d'une certaine forme d'élégance quand il dansait. Il va sans dire que l'ensemble du Bolchoï se fût gondolé en entendant pareille allégation.

Néanmoins, à cet instant, il se sentait Gene Kelly. Il pouvait bien esquisser quelques pas de danse. Un pas chassé, puis un autre. Le vide se ferait autour de son impromptue chorégraphie. Il était le cygne et la naïade. Son corps défiait la pesanteur. Il marchait sur les murs de la station. La foule compacte ondulait sur son passage et se divisait comme les eaux devant Moïse. Bientôt, certains l'imitèrent. D'autres se saisirent de lui pour le porter comme un surfeur vers le haut de la vague. La rame arriva. Et l'engloutit.

Il descendit à Châtelet, pour le plaisir de traverser la Seine. Bien qu'il ne fît pas encore nuit, le Pont-Neuf était déjà éclairé. Le ciel était de plus en plus morne mais cela ne l'accablait en rien. Rien ne semblait pouvoir flétrir sa radieuse épopée. La place Dauphine avait bonne mine. Il aimait l'humanité tout entière. Il n'était que roucoulades et indulgence. Si un lépreux avait croisé son chemin, il l'aurait volontiers pris dans ses bras. Il était saint François d'Assise. Il aurait pu jeter quelque aumône à ces pigeons répugnants, leur pardonnant même leur dandinement idiot. En tendant l'oreille, on eût dit qu'on jouait du Gershwin sur son passage. Un poète emphatique l'aurait observé, il aurait déclamé avec force que le pas léger et assuré de cet homme le conduisait assurément vers un voyage sans retour pour le continent de l'amour.

Il traversa le quai des Grands-Augustins sans égard pour la frénésie automobile et s'engouffra dans la rue Dauphine. Nul ne saurait dire s'il l'avait fait exprès, pas même lui, mais il croiserait bientôt la rue Christine. À son approche, son cœur se mit à clignoter avec un peu plus de vigueur. Il s'engagea dans la ruelle comme on pousse la porte d'une église. Le cinéma était là, illuminé. Une grappe de cinéphiles patientait devant. Parmi eux, des inconnus que l'absence de pluie maintiendrait loin les uns des autres. Leur infortune lui fit mesurer l'inestimable grandeur du hasard en général et du parapluie en particulier. En passant, il leva les yeux vers la façade. On n'y avait toujours pas apposé la moindre plaque.

Touchant au but, notre pèlerin ralentit un peu le pas et musarda dans ce quartier où les cinémas fleurissaient à chaque coin de rue comme autant de promesses de futures retrouvailles. Bientôt il pourrait l'inviter au *Saint-André-des-Arts*, à l'*Espace Saint-Michel*, à *L'Arlequin*, aux *3 Luxembourg*, au *Champo*, à l'*Action École* ou encore au *Grand Action*. Et rue Christine. On était là au centre du monde de la cinéphilie. Et il n'y avait pas de plus bel endroit sur Terre.

Mais d'abord, il y avait le *Reflet Médicis*, rue Champollion. Une ruelle qui donne sur la place de la Sorbonne. Il ne se souvenait pas d'avoir déjà été aussi en avance à un rendez-vous. Et il se sentait un peu fébrile. Il estima qu'un verre de pouilly-fumé pouvait venir à bout de n'importe quel problème de fébrilité. Il s'installa en terrasse sur la place et rêvassa en regardant passer des couples d'amoureux tout à fait dépourvus de parapluie.

Maintenant qu'il allait arriver à ce terminus qu'il avait tant espéré, il n'était plus très sûr d'avoir envie de descendre. Le trop-plein de ces sept jours de ressassement ne l'avait-il pas conduit dans une impasse. Et, surtout, pourquoi LUI ? Plus les minutes passaient, plus il sentait monter en lui un sentiment d'imposture. Comme si ce rendez-vous avait été illégitime. Étreint par cette peur atroce de ne pas être à la hauteur. Et après tout, est-ce que le hasard sait toujours ce qu'il fait ? N'avance-t-il pas parfois en titubant, n'agit-il pas en dépit du bon sens, au petit bonheur la chance, au gré de nébuleuses impulsions, déplaçant ses pions en pensant à tout autre chose, sans but ni stratégie ? Et si toute cette magie n'était vraiment que fortuite, lui ôtant toute valeur ? Et si cette histoire n'était qu'un pauvre bourgeon atrophié qui ne verrait jamais le printemps ? Et si, en fait, le hasard s'en remettait au hasard ?

Mais il était bien trop tard pour se raviser. Elle serait bientôt là avec ses bottes et sa pelure d'Esquimau. Et ce sourire grisant dont le souvenir lui était devenu un peu flou. Pour se distraire de cette bouffée d'effroi, il se plongea dans la lecture rassurante de prospectus cinéphiliques. Cette rétrospective Lubitsch était vraiment un cadeau du ciel. Il jeta son dévolu sur *La Huitième Femme de Barbe-Bleue.*

Si ce soir le charme opérait à nouveau, la prochaine fois il l'emmènerait voir celui-là. Cette simple perspective suffit à lui remettre le cœur à l'endroit. Et quand il vit que *To Be or Not to Be* durait quatre-vingt-dix-neuf minutes, soit une de plus que *The Good Fairy*, il se réjouit de cette minute supplémentaire que leurs coudes partageraient. D'ailleurs, il n'y en avait plus une à perdre. Délesté de toutes ses incertitudes, il se leva, traversa la terrasse à vive allure et sauta du trottoir comme on le fait d'un train en marche. Il aurait pu faire la roue jusqu'à l'entrée du cinéma si cette pratique n'avait pas été si peu répandue dans les rues de Paris.

Les amateurs de Lubitsch se pressaient déjà devant le *Reflet Médicis*. Le fond de l'air était sec, pas même un modeste crachin. Les cumulonimbus étaient peut-être occupés à précipiter d'autres rencontres ailleurs. Et donc, pas le moindre parapluie distinctif. Mais peu importait. Il remonta la file à la recherche d'un sourire familier. Et s'il y avait bien des sourires, et même de tout à fait avenants, il dut admettre qu'aucun ne lui fut familier. Il refit un aller-retour pour confirmer sa première impression. Peut-être avait-elle le dos tourné ou bien s'était-elle baissée pour refaire ses lacets. Ce qui, avouons-le, est assez peu courant chez les porteuses de bottes. Un tantinet dépité, il se planta en bout de file. Il se souvint qu'il y a tout juste une semaine, il n'avait encore jamais entendu parler de cette fabuleuse créature. Il n'était encore qu'un pauvre hère avançant à tâtons dans le dédale d'un quotidien monotone. Un quidam sous la pluie un dimanche soir d'hiver. Un cloporte juste avant la métamorphose. Sans cette incroyable et géniale intervention de la bonne fée, il n'aurait pas été là, ce soir, à frissonner du délice de l'attente. Puisqu'elle ne tarderait plus, c'était sûr. Oui, messieurs dames, regardez-la qui va bientôt surgir, admirez-la cette enchanteuse de palpitant. Je vois bien que vous avez l'air étonnés, mais, oui, c'est bien moi qu'elle vient rejoindre dans cette file d'attente.

Sauf que, bientôt, il n'y eut plus personne dans la file pour s'esbaudir de l'arrivée de la déesse tant désirée. Parce qu'elle n'arrivait toujours pas. Qu'il ne pouvait même pas la joindre. Qu'elle ne viendrait plus. Qu'il sentait ce frémissement qui précède le bouillonnement qui s'empare de votre corps tout entier quand une émotion trop forte vous saisit. Elle n'est d'abord qu'une rumeur lointaine qui survient aux extrémités, puis s'inocule lentement, grandit peu à peu, commence à vous faire vaciller, puis vous la sentez se répandre avec de plus en plus de violence dans tout votre être avant qu'elle n'afflue de tous côtés et vous saisisse complètement. Votre poitrine se serre. Ça tambourine. Votre cœur refuse de cohabiter avec vous plus longtemps. Mais. Elle est là. Elle arrive. C'est elle. Oui c'est bien elle. Comme dans son souvenir. Encore mieux. Encore plus belle. Encore plus magnétique. Elle irradie. C'est une déflagration. C'est nucléaire. Il voudrait l'étouffer dans ses bras. Tout lui dire. Lui raconter chaque minute depuis dimanche dernier. Mais elle lui trouva une petite mine et lui en fit la remarque. Il ne pouvait pas lui avouer qu'il était en train de mourir parce qu'elle avait cinq minutes de retard.

Ils venaient à peine de prendre place dans le douillet cocon de velours rouge que les lumières s'éteignirent. Il fut d'abord rassuré par le fait qu'elle était venue seule. Quoiqu'elle ne le fût pas tout à fait. Rien ne semblait avoir changé depuis l'autre dimanche. Comme s'ils étaient juste entrés dans un autre cinéma pour continuer d'assouvir leur boulimie de vieilleries américaines. Elle portait le même sourire. Chacun de ses gestes paraissait mû par un inoxydable enthousiasme. Et l'entendre de nouveau rire lui fit l'effet d'un ravissant feu de cheminée. Après ces sept jours à subir les supplices de la langueur et où il lui semblait qu'une puissance divine s'était jouée de lui comme un bilboquet, il se sentit bientôt apaisé.

Si on l'avait interrogé à la sortie du cinéma, il aurait convenu sans peine que ces quatre-vingt-dix-neuf minutes avaient été en tout point conformes à ce qu'il avait espéré. Elle aussi avait adoré ce chef-d'œuvre de Lubitsch. Ils avaient ri, beaucoup. Leurs coudes s'étaient effleurés, parfois. Elle n'était plus cette icône qu'il avait chérie pendant sept jours, mais était redevenue cette présence de chair et de sang dont la promiscuité lui faisait se sentir à nouveau vivant. Cette femme existait bel et bien. Elle n'était pas que le fruit de ses fantasmes. Elle était assise à ses côtés. Toute proche. Il aurait pu entendre son cœur battre. Et peut-être même qu'il pouvait prendre sa part dans ses battements.

L'esprit de Lubitsch les accompagna longtemps après qu'ils eurent quitté la salle. Sa joyeuse élégance se mêlait à cette douce féerie qui précède Noël et au plaisir manifeste qu'ils avaient de s'être retrouvés. Ils convinrent en chœur de la nécessité d'aller se réfugier dans le premier bar un tant soit peu accueillant. Si ce terme de perfection n'avait pas été à ce point galvaudé, il en aurait fait usage sur-le-champ.

Leurs pâmoisons cinématographiques dominicales laissèrent bientôt place dans la conversation à ce qui se jouait dans leurs vies du lundi au samedi. Elle était traductrice et parlait entre cinq et dix langues. Il ne savait plus exactement combien, ayant perdu le fil pendant leur énumération. Elle était un Conseil de l'Onu à elle toute seule. Bien qu'assez jeune, c'était une aventurière aguerrie qui avait déjà vécu sous moult latitudes. Elle était à Paris pour faire une pause. Donner une nouvelle orientation à sa vie. Peut-être reprendrait-elle ses études. Peut-être allait-elle repartir. Il faillit s'étouffer en entendant cette hypothèse. Repartir ? Alors qu'ils venaient à peine de se rencontrer ? Qu'ils en étaient à seulement quatre-vingt-dix-huit et quatre-vingt-dix-neuf minutes de vie commune ?? Que la rétrospective Lubitsch venait à peine de débuter ??? Quiconque dans ce bar aurait compris ce qui se tramait à cette table, aurait désapprouvé avec véhémence cette option. Il apprit aussi qu'ils avaient grandi dans des villages de la même région. Ce qu'il interpréta comme un signe. Du genre indubitable. Les signes lui avaient toujours semblé importants. Ils étaient un peu comme des balises dans la nuit. Ils apportaient quelques repères et donnaient un peu de sens à des vies qui la plupart du temps paraissaient vaquer comme des canards sans tête.

Lui revint la liste mentale qu'il avait faite au lendemain de leur rencontre. Il fallait absolument qu'il se concentre sur elle, qu'il enregistre chaque détail, chaque geste, chaque attitude avant qu'une puissance étrangère ne songe à la ravir à son affection. Quand, finissant le contenu d'un petit bol au milieu de la table, et qu'il n'avait pas remarqué, elle lui avoua son fort penchant pour les pistaches, il conclut que c'était de là que provenait la couleur de ses yeux. Oui, ces yeux c'était du champagne.

Mais un genre de champagne couleur pistache torréfiée comme il lui avait bien semblé. Ses lèvres deux fines guimauves framboise. Sa voix de la flûte traversière. Le port droit de la danseuse qu'elle était. Comme le dimanche précédent, elle portait un pull cache-cœur qui soulignait le doux relief de ses seins. Et comme le dimanche précédent, elle lui décochait de petites moues malicieuses abominablement ravissantes qui chaque fois menaçaient de le terrasser.

La conversation suivait son agréable cours, comme l'eau d'un ruisseau l'été dans la fraîcheur d'un sous-bois, bondissant d'un sujet à un autre comme le font deux âmes vierges l'une de l'autre qui se révèlent, quand il fut frappé par une illumination de type Renaissance italienne. Mais oui ! Bien sûr qu'il connaissait ce visage ! Il l'avait vu cent fois. Dans des livres et même une fois pour de vrai à Florence. C'était bien elle. La muse de Sandro Botticelli. Celle dont la mort lui avait donné envie de se jeter dans l'Arno. Celle qui allait hanter ses nuits, mais surtout ses jours. Celle qui n'était plus là, mais qui était partout dans son atelier. Celle qui l'avait inspiré tout au long de sa vie, bien longtemps après sa disparition. Simonetta Vespucci, dont on retrouverait les traits dans ses œuvres pendant des décennies. Tantôt Vénus, tantôt Madone. Toujours divine.

À vrai dire, elle n'en avait ni la peau diaphane ni la blondeur vénitienne, mais elle pouvait bien être cette adorable cousine calabraise dont Simonetta aurait été follement jalouse. D'ailleurs, si Botticelli l'avait croisée, elle aurait à coup sûr été reléguée au rôle de figurante dans ses œuvres. Plantée au loin entre un peuplier et un cyprès. Il en était certain, il y a six siècles, elle aurait éclipsé la belle Simonetta. Les Florentins se seraient pâmés sur son passage. Ils se seraient bousculés dans son sillage pour respirer un peu de son parfum et saisir un peu de sa grâce. C'est elle que Marco Vespucci aurait épousée, c'est elle qui aurait été la maîtresse de Julien de Médicis et c'est toujours elle qui aurait causé mille tourments à l'inconsolable Botticelli. Devenue sa muse, et s'il avait survécu au chagrin de n'avoir pas su la conquérir, Dieu seul sait ce qu'il aurait créé. Il en aurait été encore plus prolifique. Il aurait fallu construire une aile de plus au musée des Offices. Sa peinture en aurait été encore plus éblouissante. Mona Lisa elle-même se serait demandé quelle était cette petite peste qui lui faisait de l'ombre.

Il lui sembla d'abord inopportun de lui faire part de cette troublante trouvaille. Peut-être était-ce l'aveu sans équivoque d'un courtisan déjà trop cristallisé. Une facilité de Don Juan de quincaillerie. Un compliment un peu vain, déplacé, et même prématuré. Était-il raisonnable de comparer une femme à la Vénus de Botticelli lors d'un deuxième rendez-vous ? Dans le manuel des bonnes pratiques de l'amour courtois, la bienséance imposait probablement que la relation ait déjà évolué un peu favorablement avant de s'y essayer. N'était-ce pas trop imprudent ? Ne risquait-il pas de l'effaroucher, de l'agacer ? Pire, de l'indisposer ? Que Vénus se referme dans sa coquille ? Et après tout, peut-être se sentait-elle plus Dora Maar que Simonetta ?

Mais il lui fut impossible de garder sa découverte pour lui plus longtemps. Il la lui révéla de but en blanc, et bien qu'il fût totalement hors sujet puisqu'elle était en train de lui raconter quelles étaient les traditions de Noël en Terre australe, cela ne provoqua pas chez elle le plus petit tressaillement de ses délicats sourcils. Elle lui avoua même, sans une once de forfanterie, que c'était une remarque quelque peu commune. Ni le premier ni le dernier, en somme. L'idée que d'autres hommes lui avaient susurré semblable louange le peina un instant. Il se consola en songeant qu'il était assurément celui qui en avait usé avec la plus vibrante sincérité.

Deux heures avaient filé et la complicité naissante et manifeste avec la Vénus aux pistaches lui laissait apercevoir un large rai de lumière dans les portes entrouvertes du paradis. Il n'imaginait pas une seconde que ces portes allaient se refermer brutalement sur ses doigts. C'est en effet ce moment précis qu'elle choisit pour lui apprendre la plus effroyable des nouvelles. Comme ça, sans préavis. Sans même l'avoir un peu préparé à encaisser l'information. Sans aucune circonvolution. Ni même une vague périphrase. Non. Son cœur était déjà pris. Par un Anglais. Un Anglais ? Oui, un Anglais. Qu'est-ce que c'est que cette manie très anglaise de vouloir tout s'accaparer en France ? Il semblerait qu'ils n'aient jamais digéré leur invasion. Dix siècles à ressasser. On les avait pourtant laissés disposer de l'Aquitaine pendant des lustres. Même Waterloo n'avait pas suffi, il fallait que l'Anglais continue de venir chasser sur nos propres terres. Comment un si petit caillou pouvait avoir accumulé autant de rancœur ?

Malgré la discutable pertinence de ces considérations historiques et n'y laissant rien paraître, son propre cœur s'était bel et bien pétrifié. Il n'était plus qu'un gros bout d'argile informe qui, si on l'avait laissé échapper, se serait brisé dans un nuage de poussières. Il détourna son regard, qui se perdit au loin, dans la rue. En levant les yeux, il vit très nettement les corps des amants de Chagall éclater, puis se dégonfler et voler en tous sens comme des baudruches folles dans le ciel de Paris, avant d'aller s'écraser sur le trottoir.

Il ne laissa rien paraître de l'implosion. Il parvint même à réprimer une envie subite de crier très fort. Il est vrai que si on avait, à cet instant, inspecté à l'intérieur de lui, on aurait pu constater qu'il avait tout d'un grand brûlé. Des ruines fumantes dans laquelle une carcasse se consumait. Il n'osait même plus ouvrir la bouche, non par crainte que quelque fumerolle ne s'en échappe, mais parce que aucun mot identifiable ne lui parvenait. De toute sa vie, il n'avait jamais ressenti une envie aussi forte d'être ailleurs. Surtout pas devant elle. Qui attendait peut-être qu'il émette une première réaction à cette information. Un ah. Et peut-être même un ah oui. Ou un ah bon. Un très bien. Un les Anglais sont un peuple frère. Un Elizabeth II, quelle femme quand même. Un tu veux d'autres pistaches. Même un borborygme aurait fait l'affaire. Mais non. Rien. Absolument rien ne sortait. Elle penserait qu'il était peut-être en train de faire un malaise cérébral. Elle alerterait les secours. Une civière l'emmènerait loin d'ici. À cet instant, cela lui sembla l'issue la plus honorable.

Ne voyant rien venir, elle reprit l'initiative de la conversation. Comme si de rien n'était. Sans plus évoquer le moindre Anglais. Lui se sentait comme une cornemuse molle. À la Dali. Sans souffle. Mal oxygéné. Il essayait d'acquiescer, d'opiner du chef. De donner une preuve de vie. Il fallait retrouver une contenance. Après tout cet Anglais n'était pas là. S'il devait même lui reconnaître une qualité, c'était qu'il vivait loin. À Londres. Et c'est encore là que tous ces Anglais étaient le plus à leur place. Ils n'avaient eu de cesse de voyager à travers les siècles. Pour quel résultat ? On leur avait tout repris. Les Indes, l'Orient et tout le reste. Ils auraient dû comprendre. Et tant que cet Anglais resterait à bonne distance, lui pourrait inviter à loisir cette amie prodigieuse sans craindre qu'il n'en prenne ombrage. Et s'il lui venait malgré tout l'étrange idée de traverser la Manche, il le provoquerait en duel, à l'aube, sur l'esplanade des Invalides. Un duel qui se réglerait au parapluie.

En quittant le bar, il repensa au monologue de Shylock dans *To Be or Not to Be*. Il n'aurait pas juré que son ange polyglotte aurait approuvé la traduction. Un Français n'a-t-il pas des yeux, des organes, des proportions, des sens, des affections, des passions ? N'est-il pas nourri de la même nourriture, blessé des mêmes armes, sujet aux mêmes maladies, guéri par les mêmes moyens, échauffé et refroidi par le même été et par le même hiver qu'un Anglais ? Si vous nous piquez, est-ce que nous ne saignons pas ? Si vous nous chatouillez, est-ce que nous ne rions pas ? Si vous nous empoisonnez, est-ce que nous ne mourons pas ? Et si vous nous outragez, est-ce que nous ne nous vengerons pas ? Si nous sommes comme vous du reste, nous vous ressemblerons aussi en cela.

To be or not to be. Il avait la réponse. Il aurait préféré que cet Anglais ne soit pas.

Ils marchèrent jusqu'au métro. Silencieux. Il accusait toujours le coup. Dans ce combat invisible, l'Anglais l'avait clairement mis KO. Et seulement au deuxième round. Elle-même n'avait probablement pas conscience des dommages qu'elle venait de produire. Elle semblait ailleurs. Peut-être au bord de ce torrent de fange qu'ils appellent Tamise. Ou sous des latitudes encore plus lointaines.

Quand le moment fut venu de l'abandonner aux méandres souterrains, il se concentra une dernière fois sur son visage en essayant de lui sourire. Chez elle, rien ne paraissait avoir changé. Elle irradiait comme à son habitude. Elle se pencha vers lui. Leurs lèvres frôlèrent leurs joues dans un élan de tendresse qu'il n'avait pas anticipé. Le brouillard se dissipa. Il oublia Londres. Et tous ces Anglais qui, ce soir, n'étaient pas du bon côté de la Manche. En descendant les marches, elle se retourna et lui jeta l'un de ses sourires comme un boomerang qu'il eut toutes les peines à saisir.

Il resta planté là, tel un sapin de Noël. Pas de ces sapins qui attirent les regards par leur riche parure multicolore et scintillante. Aucune étoile en guise de couvre-chef. Personne qui ne l'aurait choisi comme boussole dans la nuit. Non. Juste un arbre décharné, celui qu'on laisse seul dans la montagne, jugeant qu'il n'est pas encore arrivé à maturité. Isolé. Une proie facile pour la foudre.

Quand un chien errant fut tenté de le considérer comme du mobilier urbain, il songea que le moment était venu de reprendre sa route de pauvre soupirant solitaire. Il entama une marche funèbre à travers le Quartier latin. On le harangua sans conviction pour qu'il vienne savourer quelque tourte mexicaine, alors que tout dans son visage réclamait juste une capsule de cyanure. Sur le pont Saint-Michel, il observa un bateau-mouche recouvert de couples hilares et souhaita qu'il fasse naufrage. Au Pont-au-Change, il pensa à son propre naufrage. En une semaine, il était passé d'une invitation à un banquet dans l'Olympe à la crucifixion par un Judas perfide.

Il se souvint que le dimanche précédent, à la même heure, il aurait pu franchir la Seine sans même passer par un pont. Juste d'un bond. Et là, il était fiché dans la pierre, faisant corps avec un réverbère. Le blizzard de décembre avait mis un tel désordre dans ses cheveux que, de loin, on eût dit l'ombre d'un épouvantail. L'apercevant, n'importe quelle tourterelle aurait instantanément modifié son plan de vol. Même le plus badin des badauds se serait écarté de sa trajectoire pour échapper à la présence malfaisante de ce spectre tapi dans un nuage de brume. Il ne caressait pourtant pas de noirs desseins. Il n'était pas M le maudit. Il était juste un homme perdu dans le ressac de ses sombres pensées.

Ces Anglais avaient vraiment le chic pour piétiner la magie de Noël. On ne respectait donc rien dans ce pays. Déjà que les robes de leur reine étaient un cauchemar de daltonien. Sans compter les coiffes de ses gardiens qui représentaient un funeste spectacle pour les ours noirs canadiens. Il se dit que tout homme ayant grandi sur cette île ne pouvait pas décemment prétendre apprécier à sa juste valeur une si admirable créature. Franchement, ces Anglo-Saxons, ils y connaissaient quoi en muses botticelliennes ? Pouvait-on être à la fois un esthète éclairé et aimer la gelée d'anguille et le hareng fumé ?

Quand il revint à la vie, ses chaussures l'emmenèrent jusqu'à la place de l'Hôtel-de-Ville. Il disparut dans la bouche de métro comme on s'enfonce dans la vase. Sur les quais, l'ambiance n'était plus au mambo. Les rames charriaient leur torrent d'anonymes solitudes. Paris n'était plus une fête. Demain le labeur reprendrait ses droits. Les réveille-matin sonneraient le tocsin avec un air de Chopin.

Les jours suivants, il lui sembla que la vie sur Terre n'était qu'une errance incertaine dans une steppe sépulcrale. Noël était à deux pas et, à rebours de la majorité de ses condisciples, il n'aspirait qu'à une chose : qu'on l'oublie. On pouvait même dire qu'il était d'une humeur toutânkhamesque. Il ne se serait pas opposé à ce qu'on le perde de vue pendant trois mille ans dans un tombeau, aux confins d'une pyramide. Il se sentait déjà prisonnier d'un écheveau de sentiments qu'il essayait de démêler avec une patience infinie. Il tirait les fils un à un, avec la délicatesse d'une brodeuse de Bayeux. Et seule cette tâche semblait le préoccuper. Aucune dinde ne saurait le divertir de son sujet de prédilection. Les habituelles processions d'escargots n'auraient aucune chance d'attirer son attention. Les huîtres resteraient échouées sur leur lit d'écume. Cet homme n'avait manifestement pas eu le cadeau escompté. Jésus n'aurait pu compter en aucun cas sur lui pour l'aider à souffler ses deux mille bougies.

Quand Noël fut passé, il décréta la fin de la trêve des confiseurs. Il était temps de repartir à l'assaut. Après tout, l'ennemi était à mille lieues du donjon et il devait en profiter pour pousser ses pions. Il fallait que cet Anglais soit assez fou pour laisser une mer entre lui et cette céleste créature. Ou alors avoir une confiance peu commune, surtout quand on sait quelles mœurs on prête aux habitants de ce côté-ci de la Manche.

Ils décidèrent d'aller voir le dimanche un autre Lubitsch. *La Huitième Femme de Barbe-Bleue*. Ce serait un peu Noël après Noël. Comme il y a des peintres du dimanche, il se dit qu'il était en train de devenir un amoureux du dimanche. Sa déesse avait manifestement décidé de se reposer le septième jour en sa compagnie. Dans des fauteuils rouges. Les autres jours, son cœur restait auprès de son Anglais. Au fond, cela le comblait déjà de l'avoir rien que pour lui un jour par semaine. C'était son apothéose hebdomadaire. Le point de délectation qui venait ponctuer ses semaines. Il aurait pu passer tous les dimanches de sa vie rien qu'avec elle et Lubitsch.

Quand le froid de l'absence s'insinuait, il repensait à la chaleur de leur dernier au revoir. Il revoyait cet ultime sourire qu'elle lui avait lancé et qui était une énigme qu'il n'avait toujours pas résolue. Il se dit que celui qui créerait une grille d'interprétation du sourire des femmes ferait fortune. Peut-être lui-même entreprendrait-il un jour d'en écrire une encyclopédie. Seraient décryptées les mille et une nuances de pétillance des yeux, toutes les formes possibles de fossettes, la signification du dessin de chaque ride, celle de l'inclinaison des lèvres. Le sien était peut-être celui d'une promesse. Après tout, elle avait fait le choix de venir vivre à Paris plutôt qu'à Londres. Une femme vraiment amoureuse aurait-elle toléré qu'une mer, même modeste, se dresse entre elle et son amant.

C'est d'ailleurs ce qu'il se répétait quand il arriva rue Champollion. Il venait à peine de s'insérer dans la file d'attente quand il la vit arriver. Il eut d'abord un doute. Elle était accompagnée. Ça ne pouvait donc être elle. Mais si. C'était bien elle. Accompagnée. Il était là. Avec elle. Ils étaient venus ensemble sans qu'elle ait cru bon de l'en informer. Elle n'aurait même pas eu besoin de le présenter. Ça ne pouvait être que lui. Le chapardeur de Parisienne. Le pilleur de Vénus. L'exécuteur de cœur transi. L'éventreur de parapluie.

Il le jugea sans aucune forme de procès. Il le trouva d'une amabilité répugnante. Son large sourire appelait l'uppercut. Il avait les yeux clairs, délavés par des siècles de brouillard et d'humidité. Il s'appelait Brian ou Andy. Ou autre chose. Peu importait, il n'avait pas l'intention de l'appeler. Il ne les trouva même pas assortis. Elle était la braise et la fièvre andalouse, il était la gélatine et le spleen islandais. S'ils avaient été des chaussettes, il eût même dit qu'ils étaient franchement dépareillés.

Par chance, *La Huitième Femme de Barbe-Bleue* ne durait que quatre-vingt-deux minutes. Ce qui demeurait tout de même une durée assez conséquente pour un supplicié. La Madone s'était assise entre ses deux disciples. C'était une sorte de Cène, mais à petit budget. Elle, trônant au centre, Judas sur sa droite et, sur sa gauche, l'un de ses plus authentiques apôtres. Celui qui n'aurait bientôt de cesse d'évangéliser les foules, de les rallier à sa divine beauté, de louer avec ferveur son incomparable éclat, de répandre l'ardent amour que pour chacun elle ne pouvait qu'inspirer. En attendant, il n'était que le deuxième homme de cette lubitschienne trinité. Quasiment un figurant. Un teneur de cierge. La place du mort.

Ce furent quatre-vingt-deux minutes de pure leçon de stoïcisme. Il lui fallut d'abord s'adapter à cette nouvelle géopolitique des cœurs. Mettre en œuvre une stratégie conforme à la présence ennemie alors que germaient en lui de séduisantes envies de meurtre. Il hésitait entre le pop-corn à l'arsenic et la trépanation au moyen d'un parapluie. Ses pulsions étaient exacerbées par la désirable proximité de son égérie. Sentir ce corps qui l'avait hanté depuis le dimanche précédent. Ces bras dans lesquels il rêvait d'être emprisonné. Ces lèvres qui l'avaient poursuivi jusque dans ses nuits. Il avait de folles envies d'invasion. Et ces satanés Anglais qui avaient dressé autour d'elle une muraille de barbelés invisible. Alors que son coude était juste là. À cinq centimètres. Peut-être quatre. Si proche et si loin. Il lui fallait faire appel aux principes de la diplomatie de l'accoudoir. Tester les forces en présence. Après tout, à la faveur de l'obscurité, l'Anglais ne percevrait rien de ce qui se tramait de l'autre côté de sa *darling*. Lui ferait comme s'il n'avait pas été là. Il laisserait coulisser subtilement son coude jusqu'à celui de sa bien-aimée et attendrait de voir comment elle réagissait. Si elle le laissait, il remporterait une victoire significative sur l'Angleterre. Si elle le retirait, il ne s'avouerait pas vaincu pour autant et patienterait un peu avant de tenter une nouvelle approche.

Cette campagne de l'accoudoir ne donna pas les résultats escomptés. Tantôt elle laissait son coude, tantôt elle le retirait. Ce n'était pas Waterloo, mais ce n'était pas Austerlitz non plus. Autant dire qu'un épais brouillard enveloppait le champ de bataille. Heureusement, Claudette Colbert et Gary Cooper étaient là pour le divertir de ce conflit larvé. Et chaque rire de la Vénus au coude était comme une éclaircie confirmant que le beau temps était revenu malgré la tragédie qui se jouait dans la pénombre. On ne disait pas assez sur la beauté d'un rire. On avait probablement trop peu écrit sur le sujet. Sur ces rires qui vous font l'effet d'un baume, qui vous apaise dans la morne incertitude de la marche du monde. Des rires qui vous font dire, bien après avoir crépité, au soir de votre vie, et si vous êtes ce genre d'âme romantique, qu'ils étaient pareils à des joyaux qui sertissaient vos jours. Qu'un seul de ces rires avait bien plus de valeur que tous les éloges des poètes et tous les traités des philosophes. Et ce Lubitsch était certainement infiniment plus drôle que cet Anglais.

Il décompta également le nombre de fois qu'elle se tournait vers lui ou bien vers l'autre. L'honnêteté oblige de dire que c'est l'Angleterre qui remporta ce duel, mais d'une courte tête. Une défaite qui lui sembla tout à fait honorable et, même, porteuse d'espoir. Il avait peut-être perdu cette bataille de girouette, mais certainement pas la guerre. Et quand les lumières se rallumèrent, elle le regarda avec un sourire qui n'est pas de ceux que l'on adresse à un perdant.

Une fois qu'ils eurent quitté la salle, personne ne proposa d'aller boire un verre en l'honneur du huitième mariage de Barbe-Bleue. Il en fut soulagé. Il n'aurait pas à mentir. Ou bien à dire tout le mal qu'il pensait des robes de la Reine et des saucisses au petit déjeuner. Et des spoliateurs de divinités florentines.

En marchant vers le métro, il épia chacun des gestes et des regards qu'elle pouvait avoir à l'égard de son amant. Cherchant à comparer également les attitudes qu'elle pourrait manifester à l'un ou à l'autre. Déceler d'imperceptibles élans. Un emballement souterrain.

Guettant entre eux un sourire complice, des doigts s'entrelaçant, un baiser furtif. Mais les signaux étaient faibles. Très faibles. Un passant un peu attentif n'aurait su dire, dans ce trio, quel cœur palpitait pour qui. Un autre, un peu plus perspicace, aurait supposé que deux battaient pour elle.

Quand ils arrivèrent à la station, il n'était pas loin d'être réconforté. Il avait même cette vague impression d'avoir fait jeu égal. Mais c'est bien lui qui resta seul dans l'épouvantable nuit du dimanche soir. Seul comme une mauvaise herbe sur le trottoir.

Il les suivit du regard jusqu'à ce qu'ils disparaissent totalement. Traquant un quelconque indice, un élément, un ultime détail, même ténu, qui dirait à quel moment de leur histoire ils étaient. Et, surtout, s'ils avaient une tête d'épilogue.

De ses précaires observations, il bascula dans l'empirisme le plus échevelé. L'Académie l'eût toisé avec perplexité. Il tenta de mesurer où leur amour se situait. Sur l'échelle de Simonetta et Marco, à combien pouvait bien encore vibrer le cœur de l'un pour l'autre et réciproquement ? L'image de l'autre les laissait-elle scintillants de volupté ? Quel degré de secousse provoquait l'apparition de l'autre ? Un seul de leurs regards les faisait-il encore frémir ? Quand leurs mains se touchaient, un puissant frisson les parcourait-il toujours ? Leurs bras s'enserraient-ils à chaque fois dans un léger tremblement ? Quand leurs lèvres se frôlaient, sentait-il encore tout leur corps vaciller ? Quand elles partaient vagabonder, déchargeaient-elles encore d'inouïes et insondables ondes sismiques ?

La sismologie amoureuse. Voilà une science qui, à ses yeux, méritait d'être développée. Il essaya de rassembler toutes ces données, en ajouta quelques autres qu'il connaissait ou devinait. Additionna aussi le fruit de son ressenti pendant ces quatre-vingt-deux minutes qu'il avait partagées au plus près du couple légitime. Il avait compris qu'ils étaient ensemble depuis quelque temps déjà. Ils s'étaient connus à l'autre bout du monde, où ils avaient vécu, et ils avaient à présent choisi de faire pays à part. D'ailleurs, cela lui semblait être la chose la plus étrange qui soit. Pourquoi et comment pouvait-il laisser un fuseau horaire entre elle et lui ? Pour lui, la passion ne souffrait pas la distance, même si Stendhal, venant à passer par là, lui aurait aussitôt rétorqué que, bien au contraire, elle l'attisait et la décuplait. Ce à quoi il aurait sans doute répliqué, Henri, va te faire cristalliser.

De cette théorie complexe avec laquelle il aurait pu noircir un tableau, et sans même tenir compte d'une possible marge d'erreur, notamment quand on a affaire à des natures peu démonstratives, il tira la plus élémentaire des conclusions. Il était formel. Ils en étaient déjà à la soixante-dix-huitième minute de leur histoire. Le « *The end* » n'était plus très loin. La vision de cet encéphalogramme presque plat le tira de sa longue hibernation sur le trottoir. Il prêta à peine attention à la présence d'un couple qui l'autopsiait avec inquiétude. Probablement des touristes étonnés par cette statue tragique qui ne figurait dans aucun guide.

En remontant les rues vers chez lui, marchant si péniblement qu'on l'eût dit à contre-courant, il devait se l'avouer, il avait imaginé une tout autre fin à ce nouveau dimanche avec elle. L'existence même de cet Anglais n'avait nullement effarouché ses ardents projets. Et l'hypothèse de lui faire découvrir le soir même sa vaste soupente figurait en bonne place. Deviser en sa compagnie autour de l'œuvre de Lubitsch, un verre de pouilly-fumé à la main, ressemblait bien plus à ce que beaucoup s'imaginent du paradis. Qui, au demeurant, n'est probablement qu'un hall de gare d'où aucun train ne part jamais. Si une quelconque puissance divine lui avait demandé à cet instant ce qu'il souhaitait pour sa dernière soirée ici-bas, il n'aurait rien réclamé de plus. Mais voilà, il n'était qu'un simple mortel encore bien portant qui allait passer sa soirée seul, à maudire la reine d'Angleterre et tous ses sujets.

Qu'il y ait un Anglais dans sa vie passait encore tant qu'il était en Angleterre. Il était prêt à remettre en cause tous ses principes quant à la politique migratoire telle qu'elle est exercée en France. Ces Anglais tout le temps si pâles n'étaient-ils pas vecteurs de maladies ? Et toutes ces choses avec lesquelles ils prétendaient vouloir nous nourrir ne risquaient-elles pas de nous faire passer de vie à trépas ? Depuis Jeanne d'Arc, on savait quel sort ils pouvaient réserver aux Françaises. Non. Vraiment. Il fallait bouter ce félon hors de France. Ensuite, il reboucherait le tunnel de l'Eurostar de ses propres mains s'il le fallait.

En s'endormant, il pensa à cette chanson de Nina Simone. Parce qu'il est toujours bon de se raccrocher aux paroles des chansons dans les périodes de grand trouble. « July Tree ». Elle parlait de cette graine d'amour semée dans le sol d'automne. De cette graine dont on se demande, en hiver, combien de temps elle va mettre à grandir. En attendant les bourgeons du printemps et les fleurs du véritable amour sur les arbres de juillet. Il attendrait. Il attendrait le temps qu'il faut. Plusieurs saisons si nécessaire.

Le dimanche suivant, ils avaient encore rendez-vous avec Lubitsch. Il n'avait pas osé lui demander si un quelconque Anglais l'accompagnerait. Il supposa que les fêtes étant passées, il avait certainement dû regagner son insipide contrée pour vaquer à ses lugubres occupations. Le fait est, quand il la vit surgir devant le *Reflet Médicis*, nul Andy ou Brian ne s'accrochait à son bras. Son visage rayonnant tranchait avec la méchante grisaille de ce dimanche finissant. Ou plutôt de ce dimanche recommençant. Sa vie n'était plus que des dimanches gris illuminés par son seul sourire. Le reste de la semaine était aboli. On sautait de dimanche en dimanche, qui se ressemblaient tous. Un dimanche sans fin fait de regards champagnisés, de fauteuils rouges et du rire de Greta Garbo. Enfin, c'est ce que promettait l'affiche de *Ninotchka*. Au-dessus du visage de Greta était écrit « Garbo rit ». C'était la première fois qu'elle jouait dans une comédie et Lubitsch en avait fait un amusant argument publicitaire. Mais le rire de Greta n'était rien comparé à celui de sa Vénus au cache-cœur. Et aujourd'hui, il ne partagerait ses rires avec aucun Anglais. Ils ne seraient rien que pour lui. Et il s'y préparait avec la gourmandise de l'enfant qui sait qu'il va engloutir seul tout un paquet de bonbons.

Dans *Ninotchka*, Garbo incarne une camarade bolchevique intransigeante débarquée à Paris pour surveiller trois de ses concitoyens missionnés par le régime soviétique pour vendre des bijoux saisis pendant la révolution russe, afin d'acheter des machines agricoles. Sauf que ceux-ci cèdent peu à peu aux plaisirs de la Ville Lumière.

Son esprit vagabonda bientôt. Et lui, était-il prêt à affronter le Politburo de l'amour ? Il était formellement interdit de s'éprendre et de courtiser une femme dont le cœur était déjà engagé, même de l'autre côté de la Manche. Mais saurait-il dissimuler ses sentiments ? Non. On diffuserait son rire pour voir si une joie fugace traversait son regard. On lui soumettrait tout un tas d'images de parapluie pour savoir ce que cela lui évoquait. On l'accuserait, preuves à l'appui, de n'avoir pas respecté les règles qui régissent l'occupation vertueuse des accoudoirs. On le passerait au détecteur de mensonges. Le sismographe en surchauffe éructerait sa culpabilité. On le condamnerait et on l'enverrait dans un camp de rééducation. Là, on le priverait des plaisirs les plus élémentaires de la vie. Un quotidien sans films et sans pistaches. On lui montrerait des photos d'elle jusqu'à ce qu'il ne soit plus parcouru par le moindre frisson à sa vue. Ou même à la simple évocation de son prénom. Il en ressortirait des années plus tard, guéri. Sans le plus petit cillement nostalgique au premier parapluie croisé.

Donc elle riait. Et Garbo aussi. Et parfois, leurs rires se confondaient. Et lui se sentait comme Melvyn Douglas. « Ninotchka, ne ressentez-vous pas le moindre signe de passion… une moiteur dans les paumes de vos mains... une lourdeur étrange de votre corps... une brûlure sur vos lèvres, mais bien plus excitante et exaltante que la soif ? » Il se tourna vers elle, mais ses questions restèrent sans réponse.

En sortant du cinéma, il lui trouva un drôle d'air, un peu songeur. Le sourire était là, diabolique. Mais il y avait quelque chose en plus. Ou quelque chose en moins. Elle avait envie de marcher. Elle voulait l'emmener quelque part. Elle pouvait bien l'emmener où bon lui semblait. Quelque part ou ailleurs. N'importe où pourvu qu'un Anglais n'y fût pas. Ce quelque part avait revêtu en quelques secondes un sublime et désirable halo de mystère. Comme dans un conte oriental. Une destination enchanteresse vers laquelle ils glissaient en se félicitant de cette nouvelle parenthèse lubitschienne. Après la rue des Écoles, ils s'engouffrèrent rue des Bernardins. N'était-ce pas merveilleux d'être là, à ses côtés, à l'écouter, l'entendre rire, la laisser le guider dans la nuit de Paris vers ce quelque part qui l'absorbait tout entier ? Même s'il savait déjà que ce quelque part ne serait pas ses bras.

Ils traversèrent le boulevard Saint-Germain sans se soucier de la couleur des feux. Puis trouvèrent bientôt la Seine et le pont de l'Archevêché. C'était la première fois qu'ils franchissaient un pont ensemble. Il prétexta un arrêt pour admirer la vue sur Notre-Dame pour mieux savourer la perfection de l'instant. Où qu'il regarde, la beauté était là. Rien ne dépareillait. Chaque chose était impeccablement à sa place. Les péniches endormies dans la pénombre. La cathédrale qui projetait son ombre millénaire sur la Seine. Les éclats des lumières des quais qui ondoyaient sur l'eau. Et dans les yeux de celle qu'il aimait. C'était la première fois qu'il utilisait aussi distinctement ce mot. Oui, il l'aimait. Il pouvait le dire et le redire. Se le répéter à l'infini sans craindre que son petit procureur intérieur ne l'accuse de se mentir. Ça n'avait même jamais été aussi limpide. Après toutes ces semaines passées à zoomer et dézoomer, ses sentiments lui apparaissaient avec une netteté jusqu'alors inégalée. Il prit un peu de recul. Il la regarda, légèrement penchée contre le parapet. Cette femme qui était aujourd'hui au premier plan. L'image se figea en lui. Et s'il ne devait en garder qu'une, ce serait celle-ci. Cette silhouette adorée découpée dans l'onde chatoyante de la Seine. Avec comme seul témoin Notre-Dame de Paris qui ne semblait briller que pour eux.

Mais Esmeralda tira Quasimodo de ses songes de conquête. Et de vengeance. Ils allaient quelque part. Lui repensait à cet infâme Frollo qui à cette heure-ci traversait peut-être la Tamise. Les ponts de Londres lui semblèrent bien misérables. Et Big Ben pouvait aller se rhabiller.

Ils traversèrent la pointe de l'île de la Cité, puis le pont Saint-Louis et ils furent enfin quelque part. Et ce quelque part, c'était un glacier. Oui. Lui rêvait de ses bras. Elle, rêvait d'une glace. Elle aimait passionnément les glaces. Partout. Tout le temps. En toute saison. Pour être exhaustif, elle aimait aussi les boulangeries, les pâtisseries, les biscuiteries et les chocolateries. Et les boutiques de macarons. N'importe laquelle de ces échoppes pouvait même être l'objet unique de pérégrinations lointaines.

À peine installés sur les banquettes moelleuses, elle s'empara de la carte qu'elle compulsa avec la jubilation de l'enfant feuilletant un catalogue de jouets. Elle voulait tout, ne décidait rien. Lui demanda conseil, ce qu'il prit pour le plus ultime des privilèges. Elle explora encore. Soupesa. Fit des mines réjouies. Alterna avec des moues dubitatives. Émit un choix. Changea d'avis. Revint en arrière. Refoula le serveur. S'extasia. Parut décidée. Hocha la tête. Regarda en l'air. Murmura un questionnement. S'apprêta à ouvrir la bouche. Y renonça. S'éventa avec la carte. Le regard dans le vague. Se redressa. Le regarda droit dans les yeux. Triomphante. Elle prendrait une boule de chocolat blanc. Et une de praliné. Et une de noisette aussi. Et puis une de pistache. Évidemment. Et avec des éclats d'amande. Et aussi de chocolat noir. Et un peu de chantilly. Mais un gros peu. Tout de même. Et il n'eût su dire si cette montagne de glaces était un choix ou plutôt la somme de non-choix. Lui ne prit qu'un sorbet à la framboise. De la couleur de ses lèvres.

Si elle péchait par gourmandise, elle ne pécha pas par avarice. Elle lui proposa un échantillon de chaque parfum. Ce qu'il s'empressa d'accepter avec la ferveur du fidèle devant l'hostie. Ce qui allait devenir d'ailleurs un rituel. Elle aimait lui faire goûter ce qu'elle aimait. Comme on aurait donné la becquée à son enfant. Quand elle lui tendait sa cuillère, qu'il avalait avec avidité, c'était comme si elle lui donnait un peu d'elle-même. Il la regardait droit dans les yeux, comme il l'aurait fait si elle lui avait offert ses lèvres. Et dans son regard à elle, il y avait quelque chose qu'il n'arrivait pas à définir. Était-ce la joie simple du partage ? Le plaisir d'assouvir ses sens à l'unisson ? Une preuve que, peut-être, elle aussi l'aimait ? Il n'en savait rien. Il se perdait en conjectures. Mais il aurait pu se nourrir exclusivement de ces quelques miettes et de ces regards-là.

Il faut dire que les occasions allaient être de plus en plus nombreuses. Et que Vénus avait un bon coup de fourchette. Imaginez que vous ayez un ami originaire du Sud-Ouest, que cet ami ait grandi dans une famille d'éleveurs de canards, qu'il pratique assidûment le rugby depuis son plus jeune âge, qu'il exerce ses talents au poste de pilier et qu'à sa majorité il ait été intronisé dans la confrérie des joyeux avaleurs d'oies crues. Eh bien en l'observant manger, cet ami aurait été pantois. Il fallait la voir également sur un marché, opérant une razzia comme le font les criquets pèlerins dans les champs africains. Apprécier son enthousiasme à la campagne quand elle dépouillait les arbres fruitiers. Elle pouvait repérer un figuier à point dans un rayon d'un kilomètre. Et on pouvait sentir ses branches frémir à son approche. Le raisin des vignes n'aurait pas l'occasion de fermenter. Mûres, myrtilles et autres groseilles, rien ne lui résistait. Un historien des vergers l'eût traitée d'Attila des baies sauvages.

Au moment de quitter les banquettes moelleuses, il se dit que maintenant que lui aussi avait les lèvres framboise, il aurait aimé lui donner un baiser ton sur ton.

Il conservait précieusement tout ce qui la concernait. Un petit tiroir lui avait été attribué. Le tiroir à reliques. On y trouvait évidemment le papier où elle avait griffonné son numéro de téléphone le premier soir. Il y avait aussi le tout premier ticket de cinéma. C'était un petit rectangle vert pâle sur lequel était écrit « Entrée » et « Studio Christine 2 Paris » et un chiffre : « 500033 ». Un lambeau avec une large entaille en son milieu qu'il songeait à faire encadrer. Cet infime morceau de papier déchiré pouvait le plonger dans d'interminables rêvasseries en trente-cinq millimètres. Il le posait devant lui sur la table basse, l'observait avec attention. Et la machine à remonter le temps se mettait en branle. Il ne lui fallait que quelques instants pour être à la caisse du cinéma. Pour se repasser le film. En modifier parfois certaines scènes. Y ajouter un détail qui était remonté à la surface. Joie intense d'être le metteur en scène de ce merveilleux souvenir. Elle, juste devant lui, s'adressant à la caissière. Lui, juste après, plein d'une douce euphorie, demandant la même chose. Puis, ce précieux sésame en main, la suivant de près dans l'escalier, effrayé par l'idée de déjà la perdre. Bonheur indescriptible d'être assis à ses côtés. Il aimait le début du film.

Désormais, il n'y avait plus seulement des dimanches. Il y avait aussi parfois des samedis. Ou des mercredis. Ainsi, dans le tiroir s'entassèrent au fil des semaines beaucoup d'autres tickets de cinéma. Des tickets de toutes les couleurs. Ceux de l'*Action Christine* bien sûr. Mais aussi du *Grand Action*, de l'*Action Écoles*, du *Reflet Médicis*, du *Champollion*, de la Cinémathèque ou de *La Pagode*. Toutes sortes de tickets aussi. Des tickets de métro, de musée. Des plans de musée. Des additions de bars, de glaciers, de salons de thé, de restaurants. Un billet de concert. Un billet de train. Une facture d'épicerie.

Des dépliants vantant des expos qu'ils iraient peut-être voir. Des prospectus. Pas de simples prospectus, non. Des prospectus qu'elle avait touchés de sa main, leur conférant immédiatement une valeur inestimable. Tout papier qui avait été, même un instant, en sa possession suffisait à étancher sa soif fétichiste. Et puis il y avait des mots qu'il lui avait écrits. Des feuilles éparses de bloc-notes. Des bouts de phrases à peine lisibles. Des louanges outrancières. Des déclarations insensées. Des intentions qui resteraient lettre morte. Des désirs dont ce tiroir était peut-être le tombeau.

L'ouvrir n'était jamais sans risque. Il pouvait vous happer. Il exerçait une attraction irrésistible. Vous vous débattiez en vain. Vous étiez submergé par les flash-backs. Englouti par un torrent d'images que vous pouviez transformer pour les modeler selon votre désir. Il pouvait s'y adonner des soirées entières, jusqu'au moment où sa nostalgie en cinémascope était obscurcie par le sommeil.

Elle n'aimait ni Van Gogh, ni la bossa nova, ni le saint-nectaire. Ni changer les sacs d'aspirateur. Après tout, personne n'était parfait. Et, bien qu'elle n'appréciât guère ce qu'il vénérait, même si on ne pouvait considérer qu'il vouait une passion sans limites au changement de sacs d'aspirateur, il lui pardonnait. Ce qui aurait dû être tout à fait rédhibitoire ajoutait même à son charme. Et lui offrait les modestes défis de la faire changer d'avis.

Il essayait de comprendre avec du recul ce qui l'avait attiré chez elle. Et il aurait pu fournir quantité de données objectives. Pourtant d'autres femmes qu'il connaissait ou qu'il avait connues les possédaient tout autant. Et en possédaient peut-être même plus, ou d'autres, encore plus précieuses. Alors quoi ?

Qu'avait-elle de plus ? Qu'est-ce qui l'avait fait basculer ? Un philosophe attablé à leurs côtés, et un peu trop curieux, n'aurait pas manqué d'avancer parce que c'était elle, parce que c'était lui. Mais ça ne suffisait pas. Il lui fallait des données rationnelles. Quelque chose qui explique l'inexplicable. Une raison qui, une fois saisie, lui permettrait peut-être de l'atténuer. De retrouver un peu de souffle.

Alors il cherchait. Il explorait. Il recensait. Il énumérait. Quand elle était assise en face de lui à siroter distraitement un cocktail ou bien occupée à engloutir quelque sorbet himalayesque, il se concentrait et scrutait en elle en quête d'indices. Il la radiographiait. Il faisait l'orpailleur. Il devait y avoir un éclat particulier, quelque part. Quelque chose qui lui avait échappé mais qui le retenait. Un geste. Une attitude. Une moue. Un regard. Un plissement des yeux. Une façon de prononcer un mot. De dire son prénom. Quelque chose de peut-être si ténu qu'il n'en saurait jamais rien. Et quand il avait épuisé tous les angles et toutes les hypothèses, il arrivait toujours à la même conclusion. Elle était le plus beau spectacle qui lui avait été donné de voir.

Plus les semaines passaient, plus la famille s'agrandissait. Il y avait eu William Wyler et sa bonne fée par la grâce de qui tout était arrivé. Ensuite l'oncle Lubitsch, le préféré. Puis tous les autres apôtres, Billy Wilder, Stanley Donen, Blake Edwards, Fritz Lang, Howard Hawks, Alfred Hitchcock, John Huston, Otto Preminger, George Cukor et Joseph L. Mankiewicz. Ils étaient autant de saints envers lesquels il serait reconnaissant pour l'éternité. Il ne lui semblait pas exagéré de dire qu'il leur devait la vie. Sa vie avec elle. Ils étaient tous ses meilleurs alibis pour la retrouver. Ses complices qui l'aidaient à tisser sa toile. D'ailleurs, cet après-midi-là, c'est saint Stanley qu'ils allaient vénérer. Avec *Charade*, qu'ils n'avaient jamais vu. Mais ils avaient aimé *Voyage à deux* et, bien sûr, *Chantons sous la pluie*. Ce fut donc précédés d'un exaltant pressentiment qu'ils se présentèrent à la caisse du *Grand Action*.

Il la trouva radieuse. Et en la suivant dans l'allée de la salle, il se demandait si elle ne l'était pas chaque fois un peu plus. Il ne s'expliquait pas ce phénomène. Les lois de l'attraction sont ainsi faites qu'à chacune de leur rencontre il aurait dû lui trouver un petit peu moins d'éclat. Et c'était exactement le contraire qui se produisait. La flamme ne faiblissait pas à force de se consumer. Elle était même toujours un peu plus vivace. Il était comme frappé quand il la voyait apparaître. Aussi ébloui que la première fois, rue Christine. Et même un peu plus. Chaque fois. Surpris lui-même par sa grâce. Comme si, dans l'intervalle, il avait un peu oublié. Comme si un peu d'elle-même s'était effacé. Qu'il l'avait minimisée. Peut-être était-ce sa manière de se protéger. De reprendre pied. Sauf qu'à chaque fois, tout était à refaire. Elle arrivait. Et dans l'instant, son cœur tambourinait. De plus en plus fort. Menaçait de s'évader. De jaillir et de cabrioler comme une balle rebondissante. Alors que se passait-il ? Était-ce tout simplement cet amour qui, à force de croître, venait la sublimer, par petites touches, dimanche après dimanche, salle après salle, pont après pont ? Une prodigieuse composition à laquelle s'ajoutait, au fil du temps, un geste qui séduisait, un mot qui troublait, une émotion qui bouleversait.

Un chef-d'œuvre qui grandissait sous ses yeux. Comme une Vénus impressionniste.

Chacune de ces cent treize minutes avait filé comme par magie. Il faut dire que l'on courait beaucoup dans ce film. Soit après le bonheur, soit à sa perte. Et, bien que le temps passât beaucoup trop vite en sa compagnie, Stanley Donen méritait amplement d'avoir été canonisé. Leur sourire n'avait connu aucun répit. Quand la lumière revint, ils restèrent encore un moment sous le charme d'Audrey Hepburn et de Cary Grant.

Avant de s'arracher aux sièges, ils se tournèrent l'un vers l'autre. En silence. Quand elle le regardait ainsi, il pouvait bien fondre comme un sorbet à la pistache. Le même regard qu'Audrey quand elle demande à Cary s'il sait ce qu'elle déteste chez lui. Il lui répond que non. Ce à quoi elle rétorque avec une délicieuse malice. « *Nothing.* » Tout homme ayant déjà été regardé ainsi au moins une fois dans son existence pouvait désormais mourir. Renoncer définitivement à la vie puisque rien de plus merveilleux ne se produirait plus jamais. Le cœur léger, il pouvait attraper un corbillard comme on attrape un autobus. Et se laisser conduire jusqu'au terminus. S'allonger. Fermer les yeux. Et ainsi en garder le souvenir intact.

Non seulement ils s'enfermaient de plus en plus souvent dans les salles obscures, mais ils franchissaient aussi de plus en plus de ponts. Ils traversaient d'ailleurs le Pont-Neuf quand elle lui apprit qu'elle partait plusieurs jours pour Londres. Il repensa aussitôt à son projet de rebouchage du tunnel de l'Eurostar. Puis il eut l'envie pressante de se jeter dans la Seine. Son corps flotterait jusqu'au Havre. Traverserait la Manche. On le repêcherait à Douvres. On le surnommerait l'inconnu des falaises. Il ferait la une de tous les tabloïds. Elle le reconnaîtrait. Et mourrait de chagrin.

C'était ce jour-là qu'elle partait pour Londres. Il avait les traits de ceux que l'on a coutume de croiser au Père-Lachaise. Pendant sept longs jours il porterait un brassard couleur pistache brûlée. Nul parapluie ne serait là pour le recueillir en cas d'averse. Paris ne serait plus tout à fait Paris, mais une mégalopole grouillante et sans âme comme une autre. La mélancolie serait à l'affiche de tous les cinémas du quartier. Lubitsch se morfondrait. Les marchands de glaces porteraient le deuil. Les tourterelles détourneraient le regard. Les rames de métro ne marqueraient plus l'arrêt. La Joconde ferait la tronche. Un grand froid paralyserait les bateaux-mouches dans un amas de banquise. Les ponts resteraient déserts et les vendeurs de fleurs au fond de leur lit. Les feuilles des quais se ramasseraient à la pelle. Nina Simone chanterait dans le vide. Le printemps n'adviendrait jamais. Le temps suspendrait sa course dans un dernier hoquet. Les aiguilles de l'horloge de la gare du Nord se figeraient. Nul train ne viendrait plus jamais y accoster.

Sept jours. Il n'était plus habitué à ne pas la voir pendant sept jours. Sept jours d'une absence bien plus féroce que les précédentes. Qui lui sourirait comme elle pendant ces sept jours ? En cas d'urgence, impossible de la rejoindre en sautant dans la première rame de métro. Au mieux, en prenant la ligne quatre, il s'arrêterait porte de Clignancourt. Et, surtout, elle était là-bas. De l'autre côté de la mer. De l'autre côté des lignes ennemies. Dans les bras d'un autre. Il ne fallait pas y penser. Ne pas les imaginer ensemble. Résister aux images impudiques de ce rapprochement franco-anglais qui s'immisçaient. Ou alors, dans les heures d'extrême détresse, imaginer cet Anglais amputé des deux bras pouvait être un baume quelque peu réconfortant, quoique momentané. Une sorte d'Apollon de Milo. Ou bien il pensait à cette bruine poisseuse qui devait recouvrir cette sinistre ville et affliger les santés les plus chancelantes. Une fièvre digne du Golgotha l'avait peut-être cloué au lit. Ruinant ses projets de nouveaux forfaits libidineux.

Y avait-il des bateaux-mouches sur la Tamise ?

Mais peut-être l'avait-elle simplement rejoint pour lui annoncer de vive voix qu'il était bien trop pâle pour lui assurer son andalouse descendance. Qu'elle avait toujours été hostile à la monarchie. Et qu'elle détestait la gelée d'anguille. Et qu'elle n'avait même pas pris la peine d'emmener son cœur. Qu'elle l'avait laissé en France, à un autre. À un homme sans parapluie.

Pour se distraire, les options étaient réduites. Tout le ramenait à elle. Les ponts d'abord. Qu'il ne pouvait guère esquiver. Sauf à devenir un perpétuel homme-grenouille. Chacun était associé à un souvenir qui pouvait le plonger dans une embarrassante béatitude. Là, il la revoyait s'esclaffant sur le pont Royal alors qu'ils marchaient vers le musée d'Orsay. Ils allaient enjoués. Paris leur appartenait. Monet et Van Gogh les attendaient.

Ils pouvaient y déambuler pendant des heures. Ils auraient même pu y vivre. Elle rêvait d'aller ramasser des coquelicots chez Monet, lui de se prélasser dans une toile de Matisse. Luxe, calme et volupté. Ils seraient allés déjeuner sur l'herbe, chez Manet. Pas encore repue, elle aurait insisté pour que l'on fasse de même chez Monet. Puis, en passant devant le Bal du Moulin de la Galette, ils n'auraient pas résisté. Lui avec son canotier, elle sa longue robe à fleurs, ils seraient allés danser, grisés d'absinthe et d'accordéon. Ils auraient ensuite fait un détour par un merveilleux jardin à Giverny. Se seraient accoudés sur un pont japonais surplombant des nénuphars. Puis seraient entrés dans l'église d'Auvers-sur-Oise. Se seraient retrouvés dans les vapeurs de la gare Saint-Lazare. Se seraient recueillis devant une nuit étoilée. Avant de s'endormir côte à côte sous le regard complice de Toulouse-Lautrec.

En passant devant Courbet, il avait pensé qu'elle était désormais l'origine de son nouveau monde. Elle pouvait bien être aussi Olympia, troublante et lascive. Puis son regard glissa sur les Marquisiennes de Gauguin et sur les ballerines de Degas. Mais c'était toujours sur elle qu'il s'arrêtait. Et la vie aussi aurait pu s'arrêter là. Pour ne plus jamais quitter le Bal du Moulin de la Galette.

Il lui semblait tout aussi impossible d'aller au cinéma. Il aurait été seul dans la salle. Comme un siamois que l'on aurait privé de son double. Sans le moindre coude à proximité. Sans ces rires qui allaient si bien à Lubitsch et aux autres. La qualité du film en aurait été altérée. Et cette absence ne serait probablement pas passée inaperçue. La MGM aurait été en émoi. Leo le lion aurait miaulé d'inquiétude. Cary se serait figé, interloqué. Il aurait tourné les yeux vers la salle. Scruté les ténèbres. Ce n'était pas comme d'habitude. Il n'aurait su dire quoi. Comme s'il manquait quelque chose. On riait, mais ce n'était pas la même petite musique. Et puis, il les avait bien remarqués, ces yeux de Bengale. Là, non, c'est sûr, ça ne crépitait pas. N'y tenant plus, il aurait interpellé le projectionniste. Rallumez les lumières ! Il serait descendu de la scène. Se serait approché de lui. Aurait compris et lui aurait demandé. Mais où est-elle ?! Avec un Anglais. Un Anglais ?! Un Anglais. Son regard se serait troublé. Après un moment d'hébétude, il lui aurait adressé une petite tape amicale sur l'épaule et serait retourné en titubant vers l'écran. Il avait à faire. Lui n'avait pas de problème d'étreinte. Il partait embrasser Audrey, Grace ou Marilyn. Puisque tel était son destin.

La fréquentation des espaces verts de la Ville de Paris n'était pas sans danger non plus. Les bancs du parc Monceau, des Buttes-Chaumont, du jardin du Luxembourg ou des Tuileries étaient autant de pièges à rêveries. S'il avait eu la faiblesse d'en franchir les hautes grilles, il n'aurait pu résister à la tentation de s'asseoir sur l'une de ces machines à remonter le temps en lattes de bois vert. Il aurait à peine croisé les jambes qu'une bouffée de souvenirs lui serait apparue. Ces bancs étaient comme les sièges des cinémas. Sauf qu'ils produisaient leur propre film. Et qu'il lui en fallait peu pour succomber au remake. C'était là qu'ils se racontaient parfois. Souvent une gaufre à la main. Enfin, on le supposait, une épaisse couche de chocolat fondant la dissimulant. C'était sur un banc du parc Monceau qu'elle lui avait, par exemple, avoué qu'elle ne croyait pas du tout au mythe de l'amour éternel. Autant dire qu'il était plus Cendrillon qu'elle.

C'était au Luxembourg qu'elle lui avait appris qu'elle se produisait parfois comme danseuse orientale dans des soirées privées. Tellement privées qu'il n'avait jamais été convié. D'ailleurs aurait-il supporté pareil spectacle ? Chaudement emmitouflée dans sa pelure d'Esquimau et chaussée de bottes de cuir jusqu'au genou, il la divinisait déjà. Qu'en aurait-il été s'il l'avait vue apparaître à peine vêtue de paillettes, son nombril le fixant comme l'œil du Cyclope ? Une tornade serait montée en lui et l'aurait soulevé de sa chaise. Ses yeux exorbités de loup de Tex Avery l'auraient aussitôt conduit à la fourrière. Dans la mesure où son cœur aurait tenu jusque-là. Il se serait mis au diapason de ses déhanchements et aurait, selon toute vraisemblance, expiré à la première accélération par trop suggestive.

Elle dansait aussi la salsa. Et le tango. Et son esprit pouvait subitement quitter la fontaine Médicis et dériver jusqu'au port de La Havane ou jusqu'aux milongas de Buenos Aires.

Il s'interdisait aussi l'accès aux Tuileries. On pouvait y faire trop de mauvaises rencontres. Au détour de chaque allée, il pouvait la croiser sur son piédestal. Le regard perdu vers le lointain, ignorant superbement sa présence. Chétif admirateur prosterné à ses pieds. Guère plus qu'un pigeon négligeable dans la foule des flâneurs. Il se serait effondré sur une chaise pour la contempler. Même si Michel-Ange, Rodin et Bartholdi s'étaient associés, seraient-ils parvenus à lui rendre grâce ? Ne se seraient-ils pas chamaillés dans le secret de leur atelier ? L'un jugeant l'amande de ses yeux encore imparfaite, l'autre clamant que le galbe de ses mollets méritait une courbure plus subtile, le troisième prétendant que le marbre de Carrare serait bien plus proche de la douceur de ses seins. Et même si aucune des statues des Tuileries ne pouvait rivaliser avec elle, leur fréquentation était à proscrire.

Même croiser un chat pouvait discrètement le guider vers elle. Elle qui les aimait tant. Il avait déjà échafaudé de solides plans de réincarnation en l'une de ces créatures à poil soyeux. Mener une vie de chat toujours dans ses pattes, telle était l'une de ses plus secrètes ambitions. Aller et venir au gré de son désir. Lui tourner autour. Sauter sur ses genoux, l'air de rien, sachant qu'elle ne saurait lui refuser quelques caresses. Réclamer autant de croquettes que de câlins pour ne pas trop éveiller son attention. Rester à ses côtés, à l'observer des heures durant, droite et altière à son bureau. Échanger quelques furtives œillades dans le silence grandiose de la complicité tacite. Et passer le reste de la journée à l'attendre, alangui sur le radiateur. Puis, la nuit tombée, entrer sans effraction dans son alcôve, et venir se lover contre elle. Il ne voyait pas de plus beau projet pour sa prochaine vie.

C'était aujourd'hui qu'elle revenait de Londres. Par quel train, ça, il l'ignorait. Sevré de sa présence pendant une semaine, il ne supportait pas l'idée de la savoir de nouveau à Paris sans la voir. À quelques centaines de mètres de lui sans pouvoir la prendre dans ses bras. Il aurait pu en crever. Il décida d'aller l'attendre à la gare du Nord. La surprendre. Sans savoir si elle apprécierait ce genre de retrouvailles inopinées. Il patienterait toute la journée s'il le fallait. Il scrutait le tableau des arrivées. 10 h 45, Waterloo. 11 h 30, Waterloo. 12 h 15, Waterloo. 13 h 50, Waterloo. 14 h 25, Waterloo. 15 heures, toujours personne. 15 h 15, Waterloo. 15 h 40, il crut voir son prénom s'afficher. 16 heures, Waterloo. 16 h 45, Waterloo. On avait beau dire, ça sentait de plus en plus la défaite. 17 h 30, Waterloo. 18 h 10, Waterloo. 18 h 30, pas l'ombre d'une Vénus à parapluie. 19 h 15, Waterloo. 19 h 40, les vagabonds qui squattaient là songèrent à en faire un des leurs. 20 heures, Waterloo. 20 h 15, il commença à éveiller les soupçons des agents de la police aux frontières qui se demandèrent si ce n'était pas un réfugié qui attendait le moment le plus propice pour monter clandestinement à bord du prochain Eurostar. 21 heures, Waterloo. 21 h 45, Waterloo. 22 h 30, avant-dernière arrivée, il ne savait pas si l'étau se resserrait ou si c'étaient ses chances qui s'amenuisaient. 23 h 30, une nouvelle vague le submergea. Ses yeux passèrent les flots au crible à la recherche d'un visage dont les traits lui seraient familiers. Il rentra bredouille.

Qu'elle ne soit pas rentrée le jour prévu lui sembla d'abord un mauvais présage. Les tourterelles se muèrent en corbeaux et croassaient sous son crâne, piétinant son sommeil. Leurs corps n'avaient peut-être pas pu se détacher. Ils étaient arrimés quelque part dans la nuit blanche de cette funeste ville. À moins qu'elle ne fût l'otage de cette île démoniaque. Retenue contre son gré par cet Anglais kleptomane. Refusant de la restituer à son pays d'origine et à son affection. Séquestrant ses sourires. Allait-il devoir franchir la Manche pour la libérer ? Affronter une meute de hallebardiers à parapluies et escalader un donjon ? On le ferait peut-être prisonnier avant que de parvenir à son sommet. Il crierait son prénom dont l'effroyable écho lui saisirait le cœur. On le jetterait dans un cachot tapissé comme une robe de la reine où on lui ferait subir mille tortures à base d'absorption de choses gélatineuses. Ce ne serait rien à côté du supplice d'une journée de plus sans la voir.

Peut-être l'appellerait-il le lendemain. Peu après l'aube. À la première heure décente. En toute innocence. Feindre de prendre des nouvelles. Et si le vent était favorable, lui proposer d'aller rendre visite le soir même à l'oncle Mankiewicz. Ils l'accompagneraient chez la Comtesse aux pieds nus. Ainsi, il saurait, sans éveiller les soupçons. Il ne souhaitait pas qu'elle l'imagine aux abois. Ou qu'elle-même se sente traquée. Il devinait que la plus infime intrusion pouvait lui être fatale. Il appréhendait qu'elle ne s'effarouche. C'était un numéro de funambule. Le moindre élan équivoque pouvait la chasser de sa branche. Et il ne la reverrait jamais.

Elle avait déjà vécu sur plusieurs continents et elle pouvait repartir. Il n'était jamais tranquille, la moindre bourrasque pouvait l'emporter à tout moment. Il savait qu'elle était, à bien des égards, insaisissable. Il suffisait qu'il lui tourne le dos un instant pour qu'elle se saisisse d'une valise et disparaisse. Le temps qu'il comprenne, elle foulerait déjà une passerelle d'embarquement.

Mais, après tout, peut-être était-elle rentrée la veille sans le prévenir ? Peut-être avait-elle anticipé son départ ? Peut-être même l'avait-elle précipité, n'en pouvant plus de cet Anglais dont le teint de banquise se confondait avec cette ville blême, à tel point qu'elle l'avait vu disparaître ? Elle avait eu beau le scruter, elle ne semblait plus le reconnaître. Il n'était plus qu'une vague silhouette dans la brume, toujours plus lointaine. Et bientôt engloutie. Et avec elle, tous les souvenirs de son premier amour.

Il s'endormit presque apaisé, en songeant que le lendemain, il passerait la soirée avec elle. Et Ava Gardner.

Elle était là. Et Ava Gardner aussi. Elle était rentrée l'après-midi même et il n'aurait su dire si elle avait une tête d'épilogue. Tout à son bonheur de la retrouver, il pouvait bien lui trouver une humeur troublante. Et même avoir l'intuition qu'elle revenait possiblement d'un voyage d'adieu. La machine à spéculations tournait à plein. Et la machine à fantasmes aussi. Ava dansait. Et c'est elle qu'il imaginait. Pieds nus.

Mais il avait aussi des certitudes. Ces huit jours avaient confirmé et exacerbé son manque. Elle était sa dépendance feudartifesque dans cette vie monochrome. Ses sourires étaient des shoots. Ses yeux s'écarquillaient illico. Un flash imprégnait sa rétine. Une coulée de lave et de miel dévalait dans ses veines. Il ne fallait plus compter sur lui pendant plusieurs heures. Il larguait les amarres, s'éloignait de la société des hommes. Son enveloppe corporelle était rendue à son simple état d'enveloppe corporelle. Et personne n'aurait su dire où il partait, quand il reviendrait. Et même, s'il reviendrait.

Et cet amour s'immisçait partout. Il venait se loger dans les moindres interstices. Dans son cœur, évidemment, qu'il sentait clairement tressaillir quand son prénom apparaissait sur l'écran du téléphone, quand sa voix appelait son prénom, quand il devinait au loin sa silhouette qui s'approchait, quand ses lèvres se posaient sur sa joue avec toute la tendresse de tous les koalas du monde. Quand, parfois, elle consentait à ce qu'il la prenne dans ses bras. Quand son regard espiègle se posait sur lui, quand elle redressait son col de chemise récalcitrant, quand elle émettait l'hypothèse d'un film qu'ils devraient aller voir ensemble, quand elle lui attrapait le bras pour le traîner dans une église qu'elle venait d'apercevoir de l'autre côté de la place, quand, sur le chemin du retour, elle avait l'irrésistible envie de l'emmener manger une glace. Quand, dans une discussion, leurs mains se frôlaient. Tout le temps, à vrai dire.

Mais il sentait aussi cet amour dans ses jambes quand elles le portaient vers le lieu où ils s'étaient donné rendez-vous. Dans ses pieds quand ils heurtaient les siens par mégarde sous les tables des bars. Dans le bas de son ventre quand ils se serraient dans le métro de 18 heures. Et il le sentait dans son cerveau en surchauffe quand il cherchait les mots les plus justes. Ceux qui explosent avec délicatesse. Ceux qui magnifient sans ostentation. Ceux qui aiment sans le dire.

Il pouvait certes encore gérer les affaires courantes, dire bonjour merci au revoir, donner le change, faire illusion. Mais il n'y avait plus la moindre place pour l'ordinaire, le commun, le déjà vu, déjà connu, déjà vécu. Plus rien n'avait de prise. Tout semblait glisser sur lui. Désormais, il lui faudrait de l'exceptionnel, du renversant, du cyclonique. Tout autre sentiment, sensation, émotion, sans rapport avec elle, relèverait de l'insignifiant, de l'infiniment petit, de l'ectoplasmique.

Les semaines passaient et nul Anglais ne réapparaissait. Y compris dans leurs conversations. Pas la moindre allusion à la perfide Albion. Comme rayée de la carte. Ils n'en parlaient jamais. Comme s'il y avait eu un accord tacite. Un *gentlemen's agreement.* Au demeurant, il n'aurait pu décemment demander des nouvelles de Brian ou Andy ou comment s'appelle-t-il déjà ce félon, sans éveiller des soupçons. L'eût-il fait avec le détachement d'un lord s'enquérant de l'état de forme des chevaux de son voisin, la belle aurait subodoré une ingérence inconvenante et aurait négligé la question. Ou aurait répondu de manière évasive. Si évasive qu'il aurait eu l'impression d'en savoir moins qu'avant de l'avoir posée. Il faut dire qu'elle savait être évasive. Elle en maîtrisait l'art. Un art fait de subtilité, de monosyllabes et de moues désarmantes sur lesquelles venait ricocher toute allusion déplaisante ou embarrassante. Elle parlait par ellipses ou par éclipses. Il ne savait pas très bien. Mon... je ne sais pas si... mais j'espère que tu comprendras. À vrai dire, il ne comprenait rien. Ou rarement. Ou ne voulait pas comprendre. Ne pas voir la sale gueule de la vérité. Il mettait ça sur le compte d'une forme de pudeur. Elle lui semblait imperméable à certaines formes de transports. Il savait aussi que les voies des madones sont impénétrables.

Parfois, il pensait avoir compris, mais il s'était juste égaré dans des chimères. Le soir, en s'endormant, il se remémorait ses mots. Reconstituait des bribes. Reformulait. Bouchait les trous. Essayait de trouver un sens. Il traduisait. Il apprenait sa langue. Ses regards lui semblaient des énigmes. Il guettait chacun de ses gestes pour mieux les interpréter à l'aune de ses espoirs. Le simple souvenir de sa main effleurant la sienne suffisait à le plonger dans des abîmes de perplexité. Il passait le plus clair de son temps à tenter de la déchiffrer. Champollion traquant Cupidon.

Un soir, en passant devant *L'Arlequin*, il vit l'affiche de *L'homme qui aimait les femmes* de François Truffaut. Est-ce que le visage de Charles Denner se retournant dans la rue pour admirer les jambes d'une passante était aussi le sien ? Il y a encore quelques semaines il n'aurait juré de rien. Mais, à cet instant, il se sentit plutôt l'homme d'une seule femme. Mais c'était peut-être trop d'amour pour une seule. Ça débordait de toutes parts. Ça dégoulinait. Incontinence sentimentale. Geyser éperdu. Ça pouvait exploser à tout moment. Comment ne pas l'effrayer avec cette démesure extravagante ? Il craignait qu'en découvrant l'étendue de ce dégât des eaux causé sur ce cœur fragile et pétri d'amour, elle ne prenne ses jambes à son cou et le premier vol pour la Tasmanie.

La Femme au portrait. Fenêtre sur cour. L'Inconnu du Nord-Express. Guêpier pour trois abeilles. Laura. Johnny Guitar. La Main au collet. Le Testament du docteur Mabuse. L'Extravagant Mister Cory. L'Invraisemblable Vérité. Le Port de l'angoisse. Peter Ibbetson. Le Faucon maltais. All about Eve. Avanti !...

Après une saison de salles obscures, le printemps advint. Et avec lui ses bourgeons prometteurs. Si l'on se fiait à Nina Simone. Après un calcul rapide, il supposa qu'ils apparaissaient avec certainement deux mois d'avance sur l'Angleterre. Même s'il pensait de moins en moins à cet Anglais. Porté disparu. Ou presque. Il n'était plus qu'une ombre incertaine qui venait parfois ternir leurs retrouvailles. Il lui arrivait de penser qu'elle ne l'évoquait plus pour lui épargner d'inutiles tourments. Mais ce qu'il préférait imaginer, c'était qu'apprenant qu'Esmeralda l'abandonnait, il s'était précipité du haut de Big Ben.

Si la saison des salles obscures se poursuivait, il y avait dans l'air quelque chose en plus. Quelque chose qui se nichait dans tous les recoins de Paris. Sous les portes cochères, sur les bancs des squares, au bord des fontaines des parcs, sur les quais de Seine ou du canal Saint-Martin, sur les terrasses des bars, sur les marches des églises, à la sortie des bouches de métro, dans les files d'attente des cinémas, sur les places à l'ombre des tilleuls en fleur, sur le parvis de Notre-Dame et celui de Montmartre, dans les petites ruelles et sur les Grands Boulevards. Et sur les ponts, évidemment. Quelque chose d'irréductible, dont l'hiver n'avait pas eu raison. Un battement de plus en plus palpable. Un désir qui ne voulait plus se taire. Une folie qui se nourrissait de lumière. Des corps qui sortaient de terre pour exhiber leurs étreintes. Partout. Comme pour redonner à l'humanité solitaire de simples preuves d'amour.

C'était une invasion. Où qu'il pose son regard, ça se bécotait. Impossible d'échapper à cet indécent spectacle. Ça roulait des yeux de bonheur. Ça laissait ses mains divaguer à leur gré. Ça ne se laissait plus respirer. Et lui ne participait pas vraiment au festin. Lui se contentait de miettes qu'il chapardait à la dérobée. Lui menait la vie bancale du pigeon rôdant autour du banc des amants. Il avait l'appétit spartiate. Un rien le nourrissait. Un sourire, un mot, une vague étreinte. Parfois une glace. Tout était bon à prendre. Il composait avec ce rationnement comme Charlot avec sa chaussure.

À cause d'avril, le parapluie était un accessoire de plus en plus superflu. Il n'était plus cette baguette magique qui opérait les rapprochements. Il n'était plus le suprême alibi pour se blottir contre elle. Mais, comme les coudes dans les salles obscures, les corps parfois se touchaient, parfois se toisaient. Elle le maintenait souvent à une distance qu'il jugeait trop raisonnable. Mais tous deux jouaient une étrange partition. Un subtil équilibre. Inaudible à l'oreille nue pour le non-initié. À un adagio pouvait succéder un allegro. Alors, elle l'autorisait tacitement. Une porte s'entrebâillait. Il pouvait se glisser jusqu'à elle. La prendre dans ses bras. Enserrer sa main. Caresser son visage. Une fois, alors qu'il était derrière elle et que son épaule était dénudée, il avait même pu y déposer un baiser. Il lui semblait que rien d'aussi merveilleux ne lui était jamais arrivé. C'était son Everest. Il avait eu le souffle coupé par son audace et par la stupéfiante beauté de ce qu'il avait vu.

Mais ce n'était que le printemps. Il n'y avait que des bourgeons. Toujours rien à cueillir. Juillet était encore loin.

Pourtant, dans ces moments-là, contre vents et bourgeons, tout s'éclairait. L'été les emporterait. Il en était toujours plus certain. Viendrait le temps de l'harmonie. Bientôt, ils danseraient joue contre joue sur des airs de Henry Mancini. Dans des nuits lumineuses, juste éclairées par des lunes de Magritte. Leurs corps ne seraient plus qu'enchevêtrement indélébile. Leurs étreintes alchimiquement pures. Ils se réveilleraient dans des jardins de Bonnard. Ils n'auraient plus que des matins de soleil au bord de lacs alanguis. Ils cueilleraient ensemble des fruits mûrs gorgés de douceur qu'ils partageraient de leurs lèvres framboise. Et il ne serait guère surprenant qu'une procession d'écureuils les entraînât dans une folle farandole.

Mais juillet tardait. Nul écureuil à l'horizon. Et tout se jouait comme dans un film muet. Regards sibyllins et gestes inintelligibles. Elle n'apportait aucune réponse aux questions qu'il ne lui posait pas. Ils dansaient un tango balbutiant. Quand il avançait, elle reculait. Quand il se faisait trop proche, elle pouvait même se dissiper. Il lui arrivait de penser à ce court-métrage de Méliès, *Pygmalion et Galathée*, où Pygmalion voit la statue de Galathée, qu'il a créée, devenir vivante. Et lui de tenter de la prendre dans ses bras. Mais, chaque fois qu'il pense s'en saisir, elle s'évapore. C'est ainsi qu'il se rendait le cœur léger à chacun de leur rendez-vous qui devait marquer les inexorables prémices de leur grande histoire d'amour. Mais, chaque fois, il y avait évaporation et il rentrait seul, le pas lourd de celui qui ploie sous le poids des défaites accumulées. Et cette question. Lancinante. N'était-elle qu'une création de son esprit qui l'avait modelée à son désir ? Cet amour, dont même la réciprocité lui apparaissait par instants évidente, une construction fragile et purement fantasmatique ? L'œuvre hybride de ses délicieuses divagations et des caprices d'une nymphe des pluies ? Mais les divinités ne s'accommodent pas souvent de simples mortels.

Les semaines passaient et c'était comme une partie de tennis qui ne finissait jamais. On jouerait jusqu'à l'usure. Jusqu'à ce que l'un des protagonistes se lasse, pose sa raquette, s'éponge le front et disparaisse. Aucune stratégie ne semblait efficiente. Chaque fois qu'il pensait marquer le point, elle lui renvoyait la balle. Il tentait un coup puissant dans un coin, elle le passing-shotait sans ménagement, il montait au filet, elle le lobait subtilement, il servait à toute allure, elle lui remettait invariablement dans les pieds. C'était Vénus version Williams.

Le printemps était bien là et déployait son génie. Et ses flots de flâneurs. Dans les rues et dans les parcs. L'herbe y était plus verte. On y trébuchait sur de fines sandales abandonnées. Les cache-cœurs cachaient de moins en moins. On croisait des mamans à chapeau et des enfants qui s'arrosaient. Les glaciers avaient retrouvé leur raison de vivre. On recouvrait l'usage de la parole et le goût de l'inconnu. Le soleil peuplait la ville d'ombres qui s'étiraient.

Et eux étaient assis sur ce banc du Luxembourg qui était, pour lui, à cet instant, le plus bel endroit sur Terre. Là où tout pouvait commencer. Le début d'une nouvelle histoire. Son il était une fois. Il louait quiconque pouvait se prévaloir d'avoir créé le jardin d'Éden en plein sixième arrondissement.

Il n'avait pas eu de mal à la retrouver, c'était la seule personne de taille adulte à être aussi barbouillée de glace qu'un enfant. Il s'était avancé vers elle avec l'allégresse et l'élasticité d'un monsieur Hulot. Elle s'était retournée avec ce sourire de celle qui n'attendait que lui. À peine avait-il déposé un chaste baiser sur sa seule joue immaculée qu'elle lui avait proposé de le barbouiller lui aussi.

Elle s'était faussement excusée de l'accueillir ainsi grimée. Elle avait prétexté une quelconque défaillance médicale qu'elle avait dû mater dans l'urgence à grands coups de pistaches et de chocolat. Ses moues mi-désolées mi-barbouillées le ravissaient à un point que l'on ne pouvait décrire qu'avec des formules édulcorées. Ses fous rires espiègles incrédulisaient les passants. Les pigeons, qui mendiaient un bout de cornet, la dévisageaient avec une perplexité peu commune dans le monde des volatiles.

Le soleil de fin d'après-midi dardait sa joie de vivre à travers les branches. De complaisants rayons lui caressaient subtilement la peau. Il contemplait ces fines taches d'une ocre lumineuse se mouvoir sur ses bras nus, ses épaules et son décolleté. Il ne l'avait jamais trouvée aussi belle. Il avait envie de l'embrasser. Toutes choses étaient à leur place. À la fois simples et grandioses. Fragiles comme un miracle. Il ne manquait plus qu'un baiser. Le baiser. Le premier. Celui qui précéderait tous les autres. L'amour à sa genèse.

Elle n'avait même pas besoin de chercher à séduire. Elle avait juste à être elle-même. Elle ne minaudait pas, ne jouait pas, elle ne posait pas un masque pour un autre. Elle n'était pas une coquille vide gonflée d'artifices. Elle était juste elle-même et il ne lui en fallait pas plus pour qu'il soit bouleversé.

Parfois, il lui suffisait qu'elle lui réponde avec l'une de ces expressions désuètes dont elle raffolait pour qu'il sente une vague d'ardente tendresse le submerger. Elle était capable de placer un « ce n'est pas piqué des hannetons » sans que quiconque y trouve à redire. Et de se préoccuper même avec malice du sort de ces pauvres bestioles. Elle pouvait même trouver une histoire ou une situation farfelue sans provoquer le moindre étonnement. Elle était probablement la seule personne depuis sa naissance à l'avoir traité de mufle sans que cela ne parvînt à le surprendre.

Il en était maintenant convaincu, l'Anglais n'avait pas passé l'hiver. Il avait été rendu à la grisaille de son existence. À son destin blême dans des brumes abyssales. Il ne saurait peut-être jamais ce qu'il lui était advenu. Avait-il rejoint un club où l'on se retrouvait le soir pour partager sa peine entre répudiés de Vénus ? On y noyait son chagrin en hoquetant au-dessus de pintes de larmes. On s'épanchait entre deux sanglots sur la cruauté des Parisiennes ou des Andalouses. On se promettait des pèlerinages à Waterloo ou à Cordoue qui rendraient peut-être ces cicatrices un peu moins douloureuses. Ceci pour les plus valeureux. Les autres gisaient certainement dans une fosse commune débordant de courtisans.

Il pensa aux sans-printemps, aux reclus, aux peuples du Nord, à tous ceux qui, à cet instant, étaient privés de ces douceurs des fins d'après-midi. Et de sa présence. Tous ceux qui n'avaient pas la chance d'être là, sur ce banc, à contempler cette variété infinie d'ocres batifoler sur sa peau. Sa beauté passée au tamis des branches de marronnier. Qui ne pouvaient non plus admirer l'harmonieuse et alléchante complicité du chocolat fondant sur ces lèvres framboise.

Non, vraiment, un esprit un tant soit peu panglossien traversant le parc à ce moment précis l'aurait confirmé de la manière la plus péremptoire en passant devant eux. Tout était pour le mieux dans le meilleur des mondes possibles.

Pourtant, repassant un peu plus tard, les fondements mêmes de sa construction philosophique en auraient probablement été ébranlés, avant de s'effondrer comme un château de cartes espagnol.

Mais lui ne sentait pas le danger poindre. Il n'avait que faire de ces rabat-joie de philosophes. Il ne voyait pas la lézarde dans ce ciel d'azur. Il était ce lièvre qui aperçoit au loin le champ de luzerne, ignorant qu'il va devoir traverser l'autoroute. Il était prêt à recenser le moindre de ses grains de beauté. Il en connaissait déjà la géographie exacte. Il aurait même pu en élaborer la cartographie les yeux fermés. De cette adorable constellation, il avait dès le début remarqué trois points de suspension dans son cou. Plus tard, à la faveur d'une première robe printanière et remarquablement peu couvrante, ce sont de nouveaux horizons qui s'étaient offerts à lui. Le printemps est décidément une chic saison. Il peut offrir à loisir dans la même journée une étoffe légère au premier rayon de soleil et un parapluie à partager à la moindre giboulée. Dans la même journée, lui étaient apparues une vaste Cassiopée en bas de son dos à droite, une Petite Ourse qui dévalait de son épaule gauche à son omoplate et qu'il se souvenait, dans un moment de vertige, avoir eu envie d'embrasser. Et puis il y avait cette Grande Ourse, juste à la naissance de son sein droit. Il aurait pu rester là, toute une nuit, immobile, à la contempler. Sa Nuit Étoilée. Ivre du désir de laisser glisser ses doigts pour mieux en saisir les reliefs. Mais le propre des étoiles, c'est d'être inaccessibles. Et comme n'importe quel astronome, même ébloui par ce qu'il voyait, il n'ignorait pas qu'elle était incomplète, qu'il lui restait encore bien des confins de la galaxie à découvrir et à explorer. Un rêve fou, impossible. Un rêve d'enfant qui ne sait pas encore. Cartographe de ses grains de beauté, ce serait le plus beau des métiers. Pouvait-il rêver de plus divine destinée ? Mais est-ce que Vénus accepterait de le guider, lui, la brave brebis égarée dans les pâturages languissants de l'amour, comme l'avait déjà certainement déclamé un poète scandinave ? En tout cas, il se sentait prêt à postuler à la magistrature suprême. Président du fan-club officiel de ses grains de beauté.

Mais la nuit n'eut pas le temps de tomber. L'accorte cohorte d'étoiles resterait suspendue. Hors d'atteinte. Et bientôt hors de sa vue. Comment s'imaginer qu'il était à deux mots de l'apocalypse. Que le jardin allait être saccagé. Qu'une avalanche de pommes allait s'abattre sur lui sans même qu'il ait pu en saisir une pour la croquer. Le soleil déclinait. Il regardait au loin. Une lumière rasante l'aveuglait. Étonnamment, il plissait les yeux pour mieux entendre. Je pars. D'où venaient ces mots ? Ça ne pouvait être elle qui les prononçait. Non, c'était impossible. Une infâme sorcière tapie dans un buisson lui faisait une mauvaise farce. C'était tout à fait impossible puisque c'est une bonne fée qui les avait réunis. On ne défaisait pas un miracle. Ça n'avait pas de sens. Il ne pouvait se résoudre à l'idée qu'il ne dormirait jamais à la belle étoile. Il plissait un peu plus les yeux. Il ne voyait presque plus rien. Juste un trait de lumière trouble. Ces mots, il les avait probablement imaginés. Il avait dû s'assoupir. Pourtant, ils résonnaient. Et il entrapercevait dans un halo l'humaine cavalcade. Alors quoi ? Ces deux mots étaient bien réels ? Nets. Froids. Ils étaient comme les deux faces d'une même lame. Elle partait et personne ne réagissait. Rien ne changeait. Les bancs et les allées n'étaient pas désertés. Un grand silence figé n'écrasait pas la ville sous le poids de ces deux mots atomiques. L'astre continuait de darder comme si de rien n'était. Il repensait aux ocres baladeuses mais se refusait à les regarder. L'aurait-il voulu, il n'aurait pas pu. Pas maintenant. C'était une question de vie ou de mort. Personne n'avait jamais été aussi immobile. S'il n'avait pas été occupé ailleurs, le personnel du jardin l'aurait recensé sans guère d'étonnement comme la cent septième statue du Luxembourg. Avec une tête de gargouille à faire fuir les grenouilles de bénitier.

Elle allait quitter Paris. Non pas pour l'une de ces escapades auxquelles il était habitué. Non. Définitivement. Elle partait. Elle le laissait là. Avant l'été. Avant juillet. Bien avant que l'amour ne fleurisse. Il la détesta. Et Nina Simone aussi.

Elle partait pour Florence. À mille deux cents kilomètres. L'autre bout du monde. Florence. Que Simonetta retourne chez elle, c'était une odieuse évidence. Vénus allait retrouver sa conque, ses fleurs de myrte et son voile rouge.

Cette cruelle nouvelle en cachait une autre. Elle lui était tombée dessus comme une météorite. Non, tous les contes de fées ne finissaient pas bien. Wyler était un escroc. Son jardin d'Éden n'était plus qu'un amas fumant de bancs, de branches et de muses cubistes. Ce n'était plus Chagall, c'était Guernica.

Bien après qu'elle eut disparu, il parvint à se relever. Il n'était pas ce faune dansant dressé sur son piédestal et qui le toisait. Il sortit du jardin comme on quitte un cimetière. Ses semelles de plomb le guidèrent à tâtons à la station de métro la plus proche.

Il attendit. Le quai se remplissait, se vidait. Un ressac auquel il résistait. Que faisait-il ? Que faire maintenant qu'elle allait partir ? Tout était flou. Ses yeux étaient embués. Ça perlait. Quai des bruines.

Il entama ce soir-là un sinistre décompte. Puis les jours filèrent comme de tristes comètes.

Des journées ponctuées par une seule et même interrogation. Comment faire pour la retenir ?

Lui écrire une lettre. Mais que changerait sa prose archaïque ? Les mots avaient-ils déjà eu raison de quelque injustice ? Avaient-ils déjà bouleversé l'ordre du monde ? Avait-on déjà transpercé un cœur de madone avec une plume ?

Des mots d'amour, il n'en manquait pas. Il en avait plein la bouche. Un torrent prêt à tout emporter. Ils s'empilaient. Tous ces mots qui n'avaient jamais osé sortir. Qui n'avaient jamais connu le grisant parfum de la liberté d'exalter. Qui étaient restés carapatés, effrayés par leur propre audace. Terrifiés à l'idée de rater leur cible. Et parfois, aussi, de la toucher. Ils s'entassaient dans un bric-à-brac de bourgeons et d'épaules dénudées, de framboise et de cache-cœur, d'étoiles et de pistaches bengalies. Il n'y avait plus de place pour un seul. Avec quelque effort, on aurait peut-être pu tasser dans un coin un élégant compliment sur l'arrondi discret de ses seins. Ces joyaux délicats qui ne dépareilleraient pas avec la finesse de ses mains. Ils étaient si humbles qu'on les aurait rangés sans peine.

Oui, c'est cela. Peut-être devait-il aussi cesser de taire l'incandescence de ses sentiments indécents.

Cette voluptueuse exploration, il se l'était jouée mille fois. Il était prêt pour le grand voyage. Il avait étudié tous les scénarios, changeant tantôt le décor, tantôt les costumes. Il attendait fébrilement la première. Son cœur donnerait des coups comme le brigadier sur les planches de la scène du théâtre. Un coup. Deux coups. Trois coups. Il prendrait une grande respiration comme avant une longue et profonde plongée. Il savait que jamais rien de tel ne lui arriverait plus dans sa vie. Alors, seulement, il s'avancerait, conscient qu'il n'avait aucune chance de suspendre le temps, il allait le prendre, le démultiplier, le sentir s'égrainer, l'emmagasiner en lui avec l'image indélébile de l'embrasure de ses lèvres. En stocker assez pour tous les hivers à venir. Ses lèvres qui seraient là, à portée des siennes. Leur goût qu'il garderait en lui comme celui d'un fruit unique que l'on vous aurait offert autrefois à l'autre bout du monde. Cette peau sur laquelle elles chemineraient bientôt, passant d'un hémisphère à l'autre. Il irait de latitude en latitude en s'émerveillant de chaque nouvelle découverte. Il ralentirait là, s'arrêterait ici. Puis poursuivrait par monts et par vaux. Deux corps qui tanguent. Ivres de désir. Et du désir de l'autre. Une houle qui se lève. Mer devenant agitée. Avis de grand frais de sud-est à nord-ouest imminent.

Cette nuit l'aurait peut-être laissé là, dans une aube blanche, hagard, comme un naufragé sur une plage, au milieu de débris de souvenirs flottants. Mais cela aurait été tout de même un beau voyage. C'était Christophe Colomb qu'on assassine.

Il aimait l'Italie et ce fut à contrecœur qu'il pensa qu'il faudrait raser Florence. Et reboucher l'Arno avec les gravats du musée des Offices.

Mais aucune prière, ni aucune menace, n'y ferait rien. Sa Vénus polyglotte était un papillon rebelle qui ne pouvait résister à la tentation d'un nouvel horizon. Carmen reprenait la route.

Il repensait à toutes ces semaines. À cette garce de bonne fée. Cette usurpatrice. Il rembobinait. Il zoomait sur une image. Il se rappelait certaines répliques. Il fouillait. Se remémorait tous ces signes qu'il avait crus infaillibles. Ces coïncidences heureuses. Ces goûts communs. Ces connexions évidentes. Ces élans partagés. Mais il n'y avait presque plus de signes. Et, dans un ultime sursaut de lucidité, il dut même en convenir, c'était la mort des signes.

Météo du jour. Grand soleil à l'extérieur. Pluie diluvienne à l'intérieur. Parapluie inopérant en pareilles circonstances.

Il songeait à Ella et Louis chantant le charme d'avril à Paris. Les châtaigniers en fleur, les tables de fête et tutti quanti. Tout ça lui sembla franchement surcoté. Lui ne voyait que corbeaux et corbillards.

Ils avaient rendez-vous place Saint-Sulpice pour une ultime glace. Il supposa que les meilleures *gelaterias* de Florence avaient déjà eu vent du retour de Vénus. Les rues avaient été pavoisées. On avait augmenté les importations de cacao. Et accéléré la récolte des pistaches.

Encadrée par les tours de l'église, le visage nimbé dans un halo de lumière, elle était divine.

Elle portait une longue robe trop colorée qui tranchait avec ce jour de deuil.

Le glacier n'avait qu'un seul parfum à leur proposer. L'amertume.

Elle partait. Ce n'était plus seulement deux mots de foudre et de ruines. C'était là, ici et maintenant. C'était pour de vrai. Elle ne se retournerait pas vers lui avec cet air malicieux. Mais non, c'est une blague. Non. Fini de rire. La bouche de métro l'avalerait une dernière fois. Tourniquets carnassiers. Rame-langue de caméléon. Il masquait sa tristesse de sourires incertains. De rires forcés. Et puis il y avait ces gestes désordonnés qui trahissent une émotion trop vive. Ces mots qui vous échappent et qui n'ont rien en commun avec ceux que vous aviez prémédités. Il la sentait aussi fébrile. Une grande confusion régnait entre eux, ce n'était pas le dernier rendez-vous dont ils avaient rêvé. Ils se sentaient à l'étroit dans la pauvre réalité de ces ultimes retrouvailles. Il aurait fallu des grandes orgues et des giboulées de pistaches. Une fièvre écœurante s'était emparée d'eux et ils agissaient comme deux somnambules réunis par erreur dans la même pièce. Ça ne tournait pas rond. Ils pataugeaient dans ce hideux brouillard dont il ne resterait rien une fois dissipé. Si ce n'était une immense tristesse. Lui ne se souvenait quasiment d'aucun des mots qu'ils avaient prononcés. Il se souvenait juste d'avoir essayé de la regarder avec la plus grande intensité possible pour garder en lui son image pour les siècles des siècles. De l'avoir serrée si fort contre lui que jamais on ne lui arracherait le souvenir de cette étreinte. Il se souvenait aussi qu'à la fin, quand elle s'éloignait, il ne put plus la regarder davantage. Elle ne fut bientôt qu'une image de plus en plus trouble. Elle disparut avant même la bouche de métro. Le taux d'humidité était assez proche du jour de leur rencontre.

De vraies têtes d'épilogue.

Longtemps après sa disparition, il marcha au hasard. Sans queue ni tête. Titubant de désarroi. Hébété. Comme si la rame qui l'avait emportée lui avait passé dessus. Un détective en filature eût annoté dans son carnet : zombie excentrique.

Il songea à cet Italien fatal. Le Florentin qui adviendrait. Probablement un certain Marco. Celui qui connaîtrait les plus savoureuses adresses de *gelaterias*. Celui qui ne s'embarrasserait pas de toutes les conventions d'occupation d'accoudoir. Celui qui lui affirmerait que sa place est naturellement aux Offices. Celui qui l'embrasserait bientôt sur un pont de l'Arno. Lui était Sandro privé de sa muse.

Il passa devant le *Reflet Médicis*. La rétrospective Lubitsch s'achevait. On retirait l'affiche du dernier film projeté. *Le ciel peut attendre.* Et lui, qui attendrait-il ? Désormais, il n'y aurait que des aubes sans promesses et des crépuscules amers. Des amours furtives marquées au fer de l'obsolescence programmée. Des nuits aux ciels de suie sans étoiles. Avec cette peur irraisonnée qui parfois vous réveille. Cette peur de perdre les dernières choses qui vous restent. Les ultimes lambeaux qui vous relient à l'autre. Visages évanescents. Sourires en fuite. Émois subalternes. Souvenirs toujours plus ténus sous les strates. De moins en moins vivaces, de plus en plus flous. Devenus tellement ternes que l'œil, las, s'en détourne.

Quand il aborda le Pont-Neuf, la pluie se mit à tomber. La nuit pointait, enveloppant son armée d'ombres fuyantes et étrangères. Une nuit comme celles qu'il avait toujours connues avant elle. Ces nuits sans autre but que de trouver au plus vite un sommeil qui resterait inhabité.

Il repensa à Nina Simone. Les fleurs étaient là et bientôt les arbres feraient des fruits. Mais lui n'aurait plus rien à cueillir. À quoi bon attendre juillet.

La place Dauphine n'avait pas bonne mine. D'une fenêtre s'échappait un requiem. Un bateau-mouche approchait. Il se pencha. Une forêt de parapluies devait cacher des bouquets d'amants blottis. Mais sous l'un d'eux l'attendait peut-être une autre Vénus. Il s'en remit à la bonne fée et se laissa tomber comme un fruit mûr.

COMPOSITION ET MISE EN PAGES
NORD COMPO À VILLENEUVE-D'ASCQ

CET OUVRAGE A ÉTÉ ACHEVÉ D'IMPRIMER
SUR ROTO-PAGE
PAR L'IMPRIMERIE FLOCH À MAYENNE
EN MAI 2023

N° d'impression : 102580
Dépôt légal : août 2023
Imprimé en France